Antara Cinta Dan Kekasih

Antara Cinta Dan Kekasih

A Halim Hassan

PARTRIDGE
A Penguin Random House Company

To order additional copies of this book, contact
Toll Free 800 101 2657 (Singapore)
Toll Free 1 800 81 7340 (Malaysia)
orders.singapore@partridgepublishing.com

www.partridgepublishing.com/singapore

Kata Pengarang

"I went to the West and saw Islam, but no Muslims; I got back to the East and saw Muslims, but not Islam."

Muhammad Abduh, Mufti Mesir

(1849 – 1905)

Sejak dari abad ke 19 dan 20, masyarakat Islam dibelenggu oleh isu pemodenan yang telah melandai dunia Barat dengan bermulanya apa yang dipanggil sebagai "Industrial Revolution" dan kemudian, "nationalism". Isu pemodenan tersebut melingkungi beberapa aspek hidup seperti intelektual, pemerintahan (atau politik), ekonomi, sosial dan budaya. Malangnya, isu ini masih lagi diperdebatkan hingga sekarang kerana terdapat perbezaan pendapat dan politik dikalangan pemimpin-pemimpin kita.

Pada umumnya, seorang pemimpin bukan sahaja pengerak malah juga nakhoda yang menentukan hala tuju sesuatu masyarakat. Bergantung dengan fahaman ideologi dan haluan mereka, seseorang pemimpin akan memastikan masyarakat atau bangsanya menuju kepada "its ideal state". Yang lebih penting lagi, pemimpin yang berwibawa, jujur lagi amanah akan membawa masyarakatnya ke peringkat yang lebih maju dan bertamadun. Sebaliknya, pemimpin yang berkepentingan diri sendiri akan membawa kerosakan di seluruh peringkat masyarakat itu.

Seringkali kita dengar bahwa pemimpin itu datang atau lahir dari masyarakatnya sendiri. Juga, pemimpin itu tidak boleh dipisahkan dari masyarakat yang mendukunginya. Tanggapan ini benar bila dilihat bagaimana aspirasi dan keinginan sesuatu

i

masyarakat itu diperjuangkan oleh pemimpin mereka sendiri. Misalnya Parti Komunis Cina dan Mao Tse Tung berjaya memerintah di Cina pada 1949 kerana memperjuangkan nasib rakyat biasa. Ayatulloh Ruhollah Khomeini berjaya menubuhkan Republik Islam di Iran pada 1979 dengan menumpaskan pemerintahan sekular Shah Iran. Manakala Corazon 'Cory' Aquino menjadi tunggak kekuatan rakyat biasa di Filipina dalam menumbangkan pemerintahan Presiden Ferdinand Marcos pada 1986 kerana mereka inginkan pemerintah yang adil lagi bersih.

Sebagai seorang Islam, kita digalakkan oleh Tuhan supaya mempunyai sifat kasih sayang dan adil terhadap semua umat manusia. Ini jelas terdapat di dalam Al-Quran, Surah Al Mumtahinah:

"Allah tidak melarang kamu daripada berbuat baik dan berlaku adil kepada orang-orang yang tidak memerangi kamu kerana ugama (kamu), dan tidak mengeluarkan kamu dari kampong halaman kamu; sesungguhnya Allah mengasihi orang-orang yang berlaku adil."

Ayat 60:8

Semoga masyarakat Islam dapat melahirkan para pemimpin yang mempunyai sifat-sifat yang tersebut dikalangan umatnya. Justeru itu, membawa masyarakat kita yang dicintai ini ke jalan yang diredhai oleh Allah, Pencipta Alam Semesta.

A Halim Hassan
26 Julai 2014

Penghargaan

1. Terima kasih kepada Cikgu Hasnah Hassan, M.Ed yang telah mencurahkan tenaga dalam projek ini dan sentiasa berusaha meningkatkan taraf pencapaian dan pengilhaman bahasa Melayu dikalangan penuntut-penuntut Melayu di Singapura.

2. Kepada kedua saudara tuaku, Mohamed dan Ibrahim yang telah memberikan sokongan dan inspirasi kepada projek buku novel ini.

3. Dan akhir sekali, untuk isteriku, Zainon dan kedua ibu-bapa serta mertuaku, terima kasih padamu selalu.

4. Semoga Allah berkati keatas segala usaha murni dan ibadah yang telah dilakukan dalam hidup kita untuk menegakkan syiar Islam.

Isi Kandungan

Bab Pertama

Zulkifli, anak Melayu yang mempunyai ijazah sarjana muda dari universiti tempatan, telah menerima tawaran untuk bekerja di Syarikat Harapan Sdn Bhd sebagai penolong penerbit. Hari ini ialah tanggal 31 Sep 1985 dan merupakan hari pertama Zulkifli duduk menghadiri sidang pengarang selepas melaporkan diri di pejabat dua hari lalu. Dia berasa gementar di samping kegirangan yang tidak terkira apabila teringatkan mesyuarat itu. Dia banyak mendengar daripada teman-teman sekerja lain tentang isu-isu semasa yang sering timbul di dalam mesyuarat itu. Zulkifli memang gemar berbincang tentang isu-isu semasa semenjak dari bangku sekolah lagi. Itulah salah satu sebab dia memilih bidang penerbitan sebagai kerjayanya.

Apabila Zulkifli masuk ke dalam bilik mesyuarat itu, perasaan gementarnya meninggi sehingga bulu romanya tegang di belakang leher.

"Aku mesti bertenang. Jangan tunjukkan kelakuan yang janggal di depan teman-teman lain. Nanti malu sendiri!" bisik hatinya. Matanya memandang kepada semua orang yang berada di dalam bilik itu.

Bilik mesyuarat itu tidaklah begitu luas tetapi ia penuh padat dengan sebuah meja bulat yang besar berserta dengan kerusi-

1

kerusi kayu yang mengelilinginya. Didindingnya pula terdapat beberapa sijil dan gambar yang menitikkan sejarah serta pencapaian syarikat penerbitan ini. Keadaan di dalam bilik ini cukup menggerunkan bagi mereka yang baru sahaja meneroka dalam bidang penerbitan seperti Zulkifli.

Jam di dinding bilik menunjukkan hampir pukul 9.30 pagi. Terdapat beberapa teman sekerja lain bersama Zulkifli yang sudah berada di dalam bilik mesyuarat. Kemudian, perhatian semua orang di situ tertumpu kepada seorang lelaki yang berpakaian lengan panjang masuk ke dalam dan terus duduk di hujung meja bulat besar tersebut. Lelaki ini memakai kaca mata yang terletak cermat di batang hidungnya. Walaupun dia sudah berumur tetapi dia tetap nampak segak lagi tampan. Dia bawa bersamanya senaskhah buku nota serta beberapa fail berwarna-warni. Dia duduk sambil mendongakkan kepalanya ke arah jam di dinding.

"Boleh kita mulakan mesyuarat sekarang?" tanya lelaki tersebut dengan nada suara yang tegas. Para hadirin semuanya mula membetulkan duduk mereka di atas kerusi masing-masing.

"Sebelum saya terlupa, saya rasa kamu semua sudah tahu siapa Encik Zulkifli ini!" kata lelaki tadi sambil menuding jarinya ke arah Zulkifli yang sedang duduk di sebelah kirinya. Mendengar ucapan itu, Zulkifli memberi senyuman pendek tanpa memandang ke mana-mana arah. Dia berasa segan kerana diperkenalkan kepada teman-teman baharunya secara ringkas itu.

"Kenapa Encik Zainal tidak beritahu terlebih dahulu yang dia hendak *intro* aku!" pekik hati Zulkifli seperti tidak merasa puas dengan ketuanya.

"Baiklah. Kita mulakan perbincangan dengan skop tentang anak-anak Melayu dalam DRC. Badrul, berikan apa yang awak sudah siapkan," ujar ketua penerbit tersebut sambil mengarah anak buahnya melakukan sesuatu.

Badrul yang sedang berada di sebelah hujung meja membetulkan duduknya. Lalu dia pun menoleh ke arah notanya yang terletak di atas meja.

"Mengikut fakta yang diberikan oleh pihak berkuasa, bilangan anak-anak Melayu yang terlibat dalam penyalah-gunaaan dadah telah meningkat naik sejak kebelakangan ini. Bilangan mereka hampir separuh peratus dari jumlah penuh bilangan orang yang ditangkap." Badrul berhenti seketika untuk menarik nafas.

"Ini lebih ketara bagi bilangan anak Melayu yang pertama kali ditangkap. Mengikut fakta tersebut, peratusan anak Melayu adalah empat puluh enam peratus. Ini lebih tinggi dari lain-lain kaum terutama bangsa Cina yang sememangnya ialah kaum majoriti di negara kita." jelas Badrul dengan penuh yakin. Dia sedar apa yang diujarnya tadi menarik perhatian semua di dalam bilik mesyuarat tersebut.

"Apa pendapat pihak berkuasa tentang kejadian ini?" tanya Encik Zainal dengan penuh musykil. Zulkifli pun turut sama ingin tahu jawapan yang akan diberikan oleh Badrul nanti. Dia berasa seronok dan bertuah sekali ketika itu.

"Kajian mendalam masih belum dibuat oleh pihak berkuasa justeru mereka tidak dapat memberi kata pasti tentang sebab-musabab kejadian ini," jawab Badul ringkas. Hatinya berasa puas dengan tindakannya tadi.

3

Perasaan Zulkifli merundum dengan jawapan singkat Badrul. Kekosongan mengisi dalam jiwanya.

"Apakah sebabnya bilangan anak Melayu bertambah?" soal Zulkifli kepada dirinya sendiri. Namun, dia tidak berani menyuarakan soalan itu kepada Badrul.

"Saya ingin mendengar pendapat yang lain tentang kejadian ini. Boleh berkongsi?" kata Encik Zainal seakan-akan memberikan arahan kepada anak-anak buahnya.

"Ini ialah isu pengaruh kawan. Anak-anak Melayu suka duduk bersembang, beramai-ramai baik di pantai atau di kolong blok dekat rumah mereka. Apabila seorang daripada mereka terlibat dengan penggunaan dadah, yang lain ingin turut serta," jelas salah seorang di dalam bilik mesyuarat itu.

Zulkifli memberanikan diri lalu menyuarakan pendapatnya kepada yang lain.

"Saya berpendapat mereka ini mempunyai kurang keyakinan untuk berjaya dalam hidup. Kebanyakan anak-anak Melayu tidak mempunyai kelulusan sekolah tinggi. Lantas mereka tidak mempunyai pekerjaan yang menarik serta berpendapatan yang besar. Hidup mereka diibaratkan bak kata pepatah seperti kais pagi makan pagi, kais petang makan petang," berkongsi Zulkifli tentang pendapat yang pernah diutarakan oleh pensyarahnya ketika dia menuntut di universiti dahulu.

Semua orang di dalam bilik mesyuarat tersebut berbincang sesama sendiri apabila Zulkifli habis sahaja berucap. Ada yang bersetuju dengannya sambil mengangguk kepala dan ada juga yang mempunyai pendapat berbeza. Di antara mereka ini ialah Encik Mohamad atau nama gelarannya, Pak Mat.

Pak Mat mempunyai tubuh badan yang kurus tinggi dan raut wajah yang sentiasa tenang. Matanya bulat seakan-akan tenggelam. Rambutnya tipis tetapi teratur rapi. Dia bekerja dengan syarikat penerbitan ini sudah hampir dua puluh tahun dan mempunyai pengalaman yang cukup luas dalam penulisan. Dia juga gemar berbincang tentang isu-isu yang dihadapi oleh masyarakat Melayu di Singapura.

"Pada pandangan saya pula, anak-anak Melayu kita mempunyai kurang nilai agama dalam diri mereka," Pak Mat menerangkan pendapatnya tentang isu yang dibincangkan mereka.

"Nilai agama?" tanya Zulkifli pada diri sendiri. Dia tersenyum sedikit setelah mendengar ucapan Pak Mat.

"Tidak mungkin anak Melayu mempunyai kurang nilai agama. Ibu bapa Melayu selalu menghantar anak-anak mereka pergi belajar agama dan mengaji quran sejak dari kecil lagi. Di dalam kelas-kelas tersebut, penerapan nilai-nilai agama akan ditekankan," bisik hati Zulkifli tentang pendapat Pak Mat tadi.

"Boleh awak teruskan ucapan awak, Encik Mohamad?" ujar Encik Zainal kepada Pak Mat agar dia terangkan lebih lanjut lagi pendapatnya itu.

Tumpuan berbalik kepada Pat Mat kerana mereka yang hadir juga ingin tahu lebih lanjut akan pendapatnya itu.

"Memang anak-anak Melayu ada menerima pendidikan agama sejak kecil lagi. Malangnya, mereka tidak mengamalkan

5

pembelajaran yang diterima mereka apabila dewasa. Kenapa?" tanya Pak Mat walaupun dia sendiri tahu jawapannya.

"Ini mungkin kerana mereka tidak puas hati dengan keadaan perkembangan masyarakat mereka. Contohnya, peperangan di Timur Tengah antara dua negara Islam yakni Iraq dan Iran, dan penjajahan Palestin oleh Israel. Kegagalan masyarakat Islam menangani perkara-perkara tadi meninggalkan kesan negatif kepada anak-anak muda kita," kata Pak Mat dengan nada penyesalan.

Zulkifli tertarik dengan keupayaan Pak Mat membentangkan hujahnya. Inilah pertama kali dia duduk dan berbincang bersama Pat Mat tentang isu-isu semasa. Ia meninggalkan kesan yang mendalam kepada Zulkifli. Kewarasan dan kebijaksanaan Pak Mat membentangkan pendapatnya telah memberikannya satu perspektif baharu.

"Sejurus selepas rejim monarki Shah Iran dijatuhkan dan Iran membentuk pemerintahan Republik Islam pada tanggal 1 Apr 1979, masyarakat dunia menumpukan perhatian kepada agama Islam dan penganutnya. Yang menjadi masalahnya, masyarakat Islam belum bersedia untuk menerima hakikat ini," tambah Pak Mat lagi.

"Baik. Kita sudah dengar pendapat masing-masing," ujar Encik Zainal setelah merasa puas dengan perbincangan mereka.

"Badrul, awak siapkan laporan dengan rumusannya dan hantar kepada saya pada hujung minggu ini. Kita akan keluarkannya pada keluaran minggu depan," kata Encik Zainal memberikan arahan kepada Badrul akan tugas selanjutnya. Badrul mengangguk kepalanya sambil tersenyum sinis memikirkan tugas baharunya yang mempunyai tarikh tempoh yang singkat.

Di luar bilik mesyuarat, Zulkifli terserempak dengan seorang wanita yang berlalu di sampingnya. Dia tertarik dengan tingkah lakunya serta bau wangi-wangian yang mengikuti wanita tersebut. Hatinya menjadi curiga lalu mengekori beliau dari belakang sehingga sampai ke pintu pejabat yang tertera *Sales & Account Section.*

"Siapakah perempuan ini? Tidak pernah aku nampak dia sebelum ini," bisik Zulkifli pada dirinya sendiri. Hatinya bertambah teruja.

"Rambutnya lembut, pakaiannya kemas, gaya berjalan amat sopan lagi teratur. Hmm, pasti orangnya cantik dan menarik. Ingin sekali aku berkenalan dengannya," tambah Zulkifli tentang hasrat di hatinya.

Tanpa disedari, Zulkifli sedang diperhatikan oleh orang ramai yang berada di dalam bilik tersebut. Dalam keghairahan mengekori wanita tadi dia terlupa diri sehingga sampai ke tempat meja kerjanya. Rakan-rakan sekerja wanita itu menjadi hairan apabila melihat seorang lelaki yang bukan bekerja di situ masuk ketempat mereka. Zulkifli menjadi malu dengan kelakuannya sendiri.

"Boleh saya bantu awak?" tanya seorang lelaki gempal yang berkaca mata kepada Zulkifli.

Pandangan Zulkifli kini berbelah bagi antara lelaki tersebut dengan wanita yang diekorinya tadi.

Setelah lama bertegak diam di situ, Zulkifli mendapat ilham lalu menjawab pertanyaan tadi.

"Hmm. Saya hendak buat tuntutan," kata Zulkifli seperti acuh tidak acuh. Dia teringatkan bahawa dia sedang berada di *Account Section*.

"Maksud awak, *personal claim*?" tanya lagi lelaki tadi inginkan kepastian daripada Zulkifli.

"Benar. *Personal claim*," balas Zulkifli pendek.

"Apa tuntutan awak?" balas lelaki gempal itu.

"Mana resitnya?" tambahnya lagi.

"Kenapa banyak sangat soalan si dia ini," berkata Zulkifli pada diri sendiri. Dia mulai rasa rimas dengan pertanyaan-pertanyaan yang dilemparkan oleh lelaki tersebut. Lalu dia pun memberi isyarat tangan seperti seorang polis trafik menahan sebuah kenderaan.

"Nanti dahulu. Saya akan datang lagi untuk buat tuntutan saya," suara Zulkifli meninggi sedikit. Lalu dia pun berjalan keluar dari pejabat itu. Sambil jalan, Zulkifli memandang ke arah wanita yang diekorinya tadi. Perasaan malu dan segan mulai timbul apabila melihat wanita itu memerhatikan sahaja kelakuannya yang sumbang tadi. Dia cuba memberi senyuman kepadanya tetapi ia tidak berbalas.

Beberapa hari selepas kejadian itu, Zulkifli diajak Encik Zainal keluar makan tengah hari di kantin di sebelah bangunan kerja mereka. Walaupun dia masih belum lapar, Zulkilfli tidak berani hendak menolak pelawaan ketuanya takut-takut kalau menyinggung perasaannya nanti.

8

Perjalanan ke tempat kantin lebih kurang sepuluh minit. Apabila mereka sampai di sana, sudah terdapat ramai pelanggan yang sedang makan di kantin itu. Setelah membeli juadah makanan yang hendak dimakan, Zulkifli dan Encik Zainal pun duduk di sebuah meja bulat di hadapan sebuah gerai makanan Melayu.

"Kau ada mengikuti tentang kejadian Memali di Malaysia baru-baru ini?" tanya Encik Zainal sejurus sahaja mereka mula makan.

"Ada juga, bos," kata Zulkifli dengan bersungguh-sungguh.

"Ia merupakan satu kejadian yang boleh dielakkan. Sayang sekali, berpuluh nyawa orang kampung terkorban akibatnya," berkongsi Encik Zainal akan pendapatnya tentang kejadian berdarah tersebut.

Zulkifli termenung sejenak mendengar ucapan terakhir Encik Zainal tadi. Hatinya tiba-tiba terasa sedih mengenangkan nasib mereka yang ditimpa kejadian berdarah itu.

"Mengapa orang kampung sanggup menggadaikan nyawa mereka?" Soalan itu ditanyakan kepada dirinya sendiri.

"Apakah mereka telah diperdayakan oleh ketua mereka?" tanya lagi hatinya.

"Encik Zainal tahu siapakah ketua kampung itu?" Zulkifli tanya dengan penuh kesungguhan.

"Tidak. Mengikut beritanya, dia seorang uztad yang berpengaruh di kampung itu. Jadi orang-orang kampung tidak rela dia ditangkap oleh pihak berkuasa," jelas Encik Zainal sambil menjamah makanan di depannya.

"Kenapa pihak berkuasa ingin menangkapnya? Adakah dia melanggar undang-undang? Atau dia membawa ajaran sesat?" bertubi-tubi soalan Zulkifli kepada Encik Zainal.

"Entahlah, tidak tahu apakah sebab sebenarnya. Yang pentingnya, orang Islam dididik supaya selalu mengikut telunjuk ketua kita. Jika seseorang itu ingin menjadi ketua, dia harus bersikap bertanggungjawab dalam segala hal. Nabi Muhammad SAW itu adalah satu contoh yang paling terbaik," jelas Encik Zainal memberi pendapatnya tentang peranan seorang ketua masyarakat.

'Banyak para intelek dan sasterawan di abad ini seperti William Montgomery Watt dan Richard Bell yang berpendapat Nabi Muhammad SAW ialah seorang ketua yang unggul," tambah Encik Zainal lagi.

Zulkifli mengangguk kepalanya seperti bersetuju dengan kata-kata ketuanya itu. Memang itu juga yang sama didengarinya ketika dia menuntut di universiti dahulu. Beberapa pensyarahnya telah memberikan pendapat yang sama tentang Nabi Muhammad SAW.

"Soalannya, kalau Nabi Muhammad SAW adalah satu contoh yang baik untuk orang Islam, kenapa terjadi banyak kisah penyelewengan kuasa oleh ketua-ketua Islam sehinggakan masyarakat kita menjadi lemah dan tidak berhaluan?" tanya Zulkilfli kepada Encik Zainal seperti inginkan satu jawapan yang pasti.

"Hmmm. Saya hanya boleh membalas pertanyaan awak itu dengan berkata bahawa manusia ini lemah lagi mudah terlupa," jawapan Encik Zainal pendek lagi bernas.

Fikiran Zulkifli kini menjadi kecamuk dengan soalan-soalan serta tanggapan-tanggapan yang tidak terjawab lagi membinggungkan. Sedang dia duduk memikirkan perkara itu, dua orang datang dekat ke meja makan yang sedang didudukinya. Ini diikuti pula dengan satu bau wangi-wangian yang pernah menarik perhatiannya dahulu. Zulkifli pun mendongakkan kepalanya untuk melihat siapakah gerangan orang itu. Alangkah terperanjatnya dia apabila melihat orang tersebut ialah wanita yang pernah diekorinya dahulu.

"Silakan duduk di sini," Encik Zainal mempelawa kedua orang tersebut yang kini berdiri dekat dengan mereka. Tangan mereka sedang mengangkat sebiji piring yang berisi padat dengan nasi padang.

"Kami tidak menganggu, Encik Zainal?" tanya salah seorang wanita tadi.

"Tidaklah, Cik Fauziah. Ini pun ada tempat duduk yang kosong. Awak dan Wahidah boleh duduk, dan makan disini," jawab Encik Zainal dengan penuh hormat.

Fauziah dan Wahidah bekerja di tempat yang sama di Bahagian Akaun dalam syarikat mereka. Mereka sudah berkenalan rapat dan sering keluar makan bersama. Perbezaan umur mereka tidak jauh berbeza walaupun Fauziah lebih tua setahun dua.

Hati Zulkifli berdegup kuat apabila mendengar nama yang disebut oleh ketuanya tadi.

"Wahidah! Manis sungguh nama itu sama seperti orangnya," kata Zulkifli dihatinya dengan penuh girang.

Wahidah ialah seorang wanita Melayu yang anggun lagi menawan. Tingkah lakunya sentiasa sopan dan elok dipandang. Pakaiannya pula selalu kemas dan menarik. Dia lebih kurang sebaya umurnya dengan Zulkifli. Dia mempunyai diploma dari Politeknik Singapura di bidang perakaunan.

Setelah menerima pelawaan itu, Wahidah pun duduk di bangku sebelah Encik Zainal dan bertentangan dengan Zulkifli. Kini puaslah Zulkifli dapat menatap wajah wanita yang dikejarnya tempoh hari dahulu.

"Kenapa dia tidak tenguk kepada aku? Kenapa tidak bertegur sapa dengan aku?" soalan yang timbul di hati Zulkifli apabila Wahidah tidak membalas renungannya.

"Encik Zul tidak sudi makan, ke?" tanya Fauziah setelah melihat makanan di pinggannya tidak tersentuh.

"Tidak begitu. Kami baru habis berbincang tentang sesuatu perkara tadi. Perbincangan berjalan dengan rancak sehingga terlupa makanan di depan mata," jawab Zulkifli dengan menekankan nada suara di hujung ucapannya. Matanya memandang ke arah Wahidah dengan harapan dia mendapat balas daripadanya.

"Jadi, ini *working lunch*?" sindir Fauziah kepada kedua orang lelaki tersebut.

"Tidak. Hanya perbincangan kami mempunyai tajuk yang serius sahaja," balas Encik Zainal dengan spontan.

Hati Zulkifli menjadi curiga kenapa Wahidah hanya berdiam diri dan tidak menegur sapa dengannya. Lalu dia pun memberanikan hati untuk memulakan perbualan dengannya.

"Cik Wahidah selalu datang ke sini?" tanya Zulkifli dengan suara yang tersentak-sentak.

"Cik Wahidah suka makan di sini?" sambung Zulkifli sambil merenung kekedua biji mata wanita muda itu. Dia semakin terpesona dengan kejelitaan wanita tersebut.

"Banyaknya soalan kau, Zul?" menempelak Encik Zainal pula. Ini diikuti oleh senyuman panjang oleh kedua wanita yang duduk bersama mereka di meja makan itu.

Perasaan malu menyeliputi diri Zulkifli apabila ditegur tadi. Dia tidak sangka perbuatannya telah menarik perhatian orang lain.

"Benar juga kata Encik Zainal. Kenapa aku beri terlalu banyak soalan kepadanya!" bisik Zulkifli pada dirinya sendiri.

"Malunya aku," keluhan hati Zulkifli kemudian.

Sedang Zulkifli dalam keadaan yang tidak menentu itu, tiba-tiba perasaannya kembali tenang apabila mendengar suara halus yang dikeluarkan dari mulut Wahidah.

"Ya. Kami selalu makan tengah hari di sini. Saya juga gemar makanan di sini," jelas Wahidah diikuti oleh satu senyuman manis kepada Zulkifli.

Ucapan pendek berserta senyuman tadi bagaikan sejenis ubat yang pantas memulihkan satu penyakit. Hati Zulkifli kini berasa senang dan penuh kegembiraan tidak seperti sebentar tadi. Dia rasa bersyukur kerana hasratnya untuk berkenalan dengan Wahidah telah tercapai. Kini, dia yakin dapat mengenali wanita idamannya itu dengan lebih mesra. Selera makan dia pun datang kembali.

Beberapa minit kemudian, ketika Zulkifli memikirkan langkah seterus yang harus diambilnya untuk berkenalan dengan Wahidah, tiba-tiba suara Encik Zainal terdengar kuat.

"Ayuh Zul, mari kita berangkat balik ke pejabat. Waktu makan tengah hari sudah hampir dekat," desak Encik Zainal kepada Zulkifli.

Zulkifli menjadi lemah apabila mendengar ajakan dari Encik Zainal. Rasanya seperti hendak suruh beliau pulang sendiri sahaja. Tetapi Zulkifli sedar itu tidak patut dilakukannya. Walaupun hatinya berat hendak meninggalkan orang yang baru dikenali dan juga amat diminatinya sekali, Zulkifli tetap bangun dari tempat duduknya dan bergerak keluar dari kantin itu.

"Baiklah," jawab Zulkifli ringkas.

"Kalau begitu biar kami pun ikut sama," kata Fauziah memandang ke arah temannya seolah-olah memberi isyarat supaya mereka juga meninggalkan tempat itu.

Wahidah setuju dan bergerak keluar dari kantin itu bersama mereka. Dia berjalan perlahan di bahagian belakang kumpulan tersebut. Zulkifli menjeling ke arah Wahidah lalu mengambil kesempatan untuk menemaninya berjalan di bahagian belakang. Mereka jalan bersebelahan sehinggalah sampai ke pejabat mereka.

Dalam sepanjang perjalanan itu, hati Zulkifli terlalu gembira sehingga senyuman sentiasa terukir di bibirnya. Begitu juga halnya dengan Wahidah. Walaupun dia baru berkenalan dengan Zulkifli namun hatinya berasa senang sekali berjalan bersamanya.

"Ya Tuhan, alangkah indahnya perasaan ini," berkata hati Zulkifli ketika sampai di meja kerjanya.

"Mudah-mudahan kami dapat berkenalan dengan lebih mesra lagi," Zulkifli berdoa pula dengan penuh semangat.

"Aku yakin dialah orang yang sesuai untuk aku. Dialah teman hidup aku," tambah Zulkifli dalam doanya itu.

"Amin. Ya Rabbi Al-Amin," Zulkifli mengakhiri doanya dengan penuh harapan.

Bab Kedua

Zulkifli bersama Badrul telah diarahkan oleh Encik Zainal untuk menghadiri satu ceramah yang dianjurkan oleh Universiti Islam Antarabangsa Malaysia di Kuala Lumpur. Ceramah itu adalah mengenai penjajahan Afghanistan oleh Soviet Union serta implikasinya terhadap masyarakat Islam. Penceramahnya pula adalah seorang pensyarah dari universiti luar yang telah diundang oleh UIAM. Setelah menghadirinya, Zulkifli dan Badrul dikehendaki membuat satu liputan tentang ceramah tersebut bagi majalah keluaran syarikat mereka.

Bagi Zulkifli, tugas ini amat bermakna sekali kerana diberi peluang menulis tentang masyarakat Islam amnya. Zulkifli ialah seorang yang serius dan gemar dengan isu-isu yang dihadapi oleh masyarakat Islam. Sejak di bangku sekolah lagi dia sering menghabiskan masa duduk bersama teman-temannya dan berbincang tentang isu-isu semasa tersebut. Minatnya ini dipupuk oleh arwah bapanya apabila dia dibawa bersama duduk berbual dengan teman-teman beliau selepas habis melakukan solat di masjid. Pengalaman itu memberi kesan yang mendalam kepada Zulkifli serta menanam minat dalam dirinya. Hal-hal seperti pergolakan di Timur Tengah dan negara-negara jiran sering kali di bincang mereka. Begitu juga tentang implikasi dari kejadian tersebut terhadap masyarakat Islam amnya.

"Aku rasa bertuah disuruh menghadiri ceramah ini," kata Zulkifli kepada Badrul di luar bilik mesyuarat sejurus selepas mereka diberikan tugas tersebut.

"Aku tahu kau memang gemar ini semua," balas Badrul dengan selamba. Matanya menjeling ke arah Zulkifli seperti mengusiknya.

Badrul kini menjadi salah seorang teman rapat Zulkifli. Mereka berkongsi minat tentang isu-isu semasa masyarakat Islam amnya. Namun, minatnya lebih kepada penyelidikan dan analisis mengenai sesuatu isu. Dia tidak suka berbual tentang satu perkara berdasarkan khabar angin atau rumusan singkat yang sering dilakukan oleh orang ramai. Disebabkan itulah dia tidak mempunyai banyak teman yang sealiran dengannya. Zulkifli adalah salah seorang daripada mereka yang gemar dia bergaul dan berbincang.

"Aku harap ceramah ini berbaloi, Zul" ujar Badrul apabila mereka sampai di meja kerja Zulkifli. Dia meletakkan punggungnya ke atas meja Zulkifli sambil berbual.

"Kenapa kau cakap begitu?" tanya Zulkifli inginkan penjelasan.

"Aku pernah menghadiri ceramah seperti ini tetapi pensyarahnya memberi ulasan yang remeh atau *superficial*," jawab Badrul dengan tidak bermaya. Begitulah keadaanya apabila dia tidak berpuas hati dengan sesuatu perbincangan.

"Mudah-mudahan tidak, insya'allah," berdoa Zulkifli mendengar ucapan Badrul tadi.

"Aku mendapat tahu pensyarah di UIAM itu orangnya ada sedikit kontroversial," kata Badrul lagi. Dia seperti mengumpan minat Zulkifli.

"Maksud kau?" Zulkifli meminta penjelasan dari Badrul.

"Ramai pemimpin-pemimpin Islam tidak gemar dengannya kerana dia mempunyai pendapat bahawa mereka tidak melakukan peranan sebagai pemimpin masyarakat. Dia menuduh mereka gagal mempertahankan martabat masyarakat Islam apabila bertentangan dengan kuasa-kuasa dunia," kata Badrul dengan lebih lanjut. Dia tahu perhatian Zulkifli sudah tertumpu kepadanya.

"Itu serius nampaknya!" balas Zulkifli dengan nada suara yang garau.

"Apa lagi yang kau tahu?" soal Zulkifli menunjukkan minatnya terhadap kontroversi yang seliputi pensyarah tersebut.

"Dia juga berpendapat bahawa pemimpin-pemimpin ini akan digulingkan atau diambil alih kuasa oleh golongan pemimpin yang lebih radikal dalam masyarakat Islam sendiri," berkata Badrul dengan wajah yang seolah-olah tiada emosi seperti yang biasa ditunjukkannya.

"Hmm. Baiklah, kita ambil ingat maklumat ini bila kita buat liputan tentang ceramahnya nanti," cadang Zulkifli setelah lama berdiam. Dia masih teringatkan kenyataan Badrul tadi tentang peralihan kuasa dalam masyarakat Islam yang mungkin berlaku kelak.

"Aku hendak keluar makan tengah hari sekarang ini. Hendak ikut?" Zulkifli mempelawa Badrul ikut makan bersamanya.

18

"Tidak apalah. *Three is a crowd*," balas Badrul selamba.

Zulkifli tersenyum mendengar ucapan Badrul itu. DIa memang sudah menjangkakan ramai teman-teman kerjanya yang tahu akan hubungannya yang rapat dengan Wahidah, teman kerja mereka di Account Section. DIa juga merasa bangga dengan perkembangan yang berlaku dalam hubungannya dengan Wahidah, wanita idaman hatinya itu. Mereka kini semakin rapat dan sering kelihatan berdua-duaan semasa waktu rihat atau selepas bekerja. Kadang-kala mereka juga keluar bersama dihujung minggu.

"Kalau tidak sudi, tidak mengapa. Lain kali saja!" kata Zulkifli sambil keluar dari pejabat mereka.

Di pintu masuk bangunan pejabatnya, Zulkifli lihat Wahidah sedang menunggunya. Seperti biasa, wanita ini kelihatan sungguh memberangsangkan baginya. Dengan segera, dia pun berjalan cepat menuju kepadanya. Setelah berjumpa, mereka bertukar-tukar senyuman lalu bergerak keluar dari bangunan tersebut.

"Dua minggu lagi, Zul dan Badrul akan pergi ke KL untuk menghadiri satu ceramah," kata Zulkifli ketika jalan bersama Wahidah menuju ke kantin makan.

"Berapa lama?" tanya Wahidah manja. Hatinya risau takut Zulkifli rasa tersinggung.

"Tidak lama. Dua hari sahaja," jawab Zulkifli pendek.

"Apa sebab pergi ke sana?" tanya Wahidah lagi. Kali ini hatinya tidak puas sebab maklumat yang diberikan oleh Zulkifli tidak cukup.

"Kami ditugaskan membuat liputan tentang ceramah tersebut. Ceramah ini menyentuh tentang penaklukan Afghanistan oleh Soviet Union yang telah berjalan hampir sepuluh tahun sekarang ini," jelas Zulkifli dengan lebih panjang sedikit dari tadi.

"Oh begitu. Idah ada baca juga tentang penaklukan ini di suratkhabar. Khabarnya, ramai pejuang-pejuang asing juga turut menentang tentera Soviet Union disana bersama dengan orang-orang tempatan," penjelasan Wahidah mengongsi pendapatnya.

"Mereka ini memanggil diri mereka 'mujahideen'. Apa itu sebenarnya?" tanya Wahidah dengan nada suara yang lembut.

"Ada pendapat mengatakan mereka ini merupakan perjuang yang menentang musuh-musuh Allah," Zulkifli menerangkan makna 'mujahideen' kepada Wahidah. Dia baru sahaja membaca tentang mereka dalam satu artikel keluaran majalah The Times.

"Yang anihnya, pejuang-pejuang ini menentang satu kuasa besar dunia yakni Soviet Union dan berjaya mencabar kejayaannya di sana." Zulkifli berkongsi pendapatnya lagi.

"Yang lebih anih lagi, mereka tiada menerima sokongan dari negara-negara Islam itu sendiri," tambah Zulkilfli. Hatinya berharap agar Wahidah tidak berasa terkilan dengan ujarannya tadi.

"Tidakkah orang Islam harus menolong sesama sendiri seperti yang diajarkan oleh Nabi Muhammad SAW?" tanya Wahidah mengingati kembali pelajaran agama yang pernah diajar oleh gurunya dahulu. Raut wajahnya bertukar menjadi penuh hairan. Di sebalik itu, hati Zulkifli bertambah sayang kepada temanitanya ini kerana mempunyai minat dalam hal-hal Islam dan kemasyarakatan sama sepertinya.

"Inilah terjadinya apabila ketua-ketua negara bermain politik dan tidak memperjuangkan martabat bangsa dan agama," berkata Zulkifli pada dirinya sendiri. Dia juga teringatkan perbualannya dengan Badrul tadi yang menyentuh tentang peralihan-kuasa ke tangan pemimpin-pemimpin Islam yang lebih radikal yang mungkin berlaku kelak.

"Nabi Muhammad SAW menyintai umatnya sama seperti seorang bapa menyintai anaknya sendiri. Cintanya tiada punyai batasan dan pilih kasih," jawab Zulkifli pada soalan Wahidah tadi.

"Dan Nabi Muhammad SAW sendiri pernah bersabda bahawa seorang Muslim itu tidak cukup imannya selagi dia belum mengharapkan saudara Islamnya punyai keinginan yang sama sepertinya," berkongsi Zulkifli satu hadis Nabi yang sering dia dengar semasa khutbah Jumaat. Dia juga teringatkan perbualan yang sama dibincangkan oleh teman-teman arwah bapanya suatu masa dahulu.

"Pemimpin-pemimpin Islam sekarang ini belum lagi sampai ke peringkat itu. Kebanyakan mereka masih utamakan kepentingan diri dan kuasa," tambah Zulkifli membuat rumusannya sendiri terhadap perkara tersebut.

Kedua anak muda ini kemudian meninggalkan perbualan tadi sejurus sahaja mereka sampai ke kantin yang dituju. Bagaimanapun fikiran Zulkifli masih tetap memikirkan tentang keadaan masyarakat Islam ketika itu. Dia berasa sedih apabila mengenangkan nasib orang-orang Islam yang mempunyai kepemimpinan yang lemah lagi pentingkan diri sendiri sehinggakan tidak berupaya memberi cabaran kepada musuh-musuh Islam.

Dua minggu kemudian Zulkifli pun berangkat ke Kuala Lumpur bersama Badrul. Mereka pergi pada waktu lapan pagi dengan menaiki kapal terbang, SIA. Apabila sampai di Lapangan Terbang Subang, mereka pun menaiki teksi menuju ke Kuala Lumpur. Sepanjang perjalanan ke ibu kota itu, mereka merentas kawasan perbandaran yang sedang dibangunkan. Zulkifli berasa bangga dengan pembangunan yang dikecapi oleh negara jiran, Malaysia di bawah pimpinan Dr Mahathir Mohd yang mula menjadi Perdana Menteri pada tanggal 16 Jul 1981.

"Semangat kebangkitan Islam meninggi di kalangan orang Melayu di bawah pemerintahan Dr Mahathir," kata Badrul apabila mereka sampai di bilik hotel mereka di Kuala Lumpur.

"Lambang kebangkitan semangat ini pula adalah UIAM itu sendiri. Ramai orang tidak menjangkakan bahawa Malaysia walaupun ia bukan sebuah negara Islam tetapi mempunyai penduduk yang ramai beragama itu mampu mendirikan serta mengelolakan sebuah universiti Islam yang bertaraf antarabangsa," tambahnya lagi.

"Kita perlukan banyak pemimpin Islam yang mempunyai visi seperti Dr Mahathir," berkongsi pula Zulkifli akan pendapatnya dengan Badrul.

"Mereka harus berani mengambil risiko dan mengambil pandangan yang jauh. Masyarakat Islam memerlukan pemimpin yang sebegini dan bukan yang pentingkan diri sendiri dan kedudukan mereka sahaja," Zulkifli memberi penjelasannya.

"Seperti Nabi Muhammad SAW ketika dia mendirikan pemerintahan Islam di Madinah dahulu. Walaupun banyak menerima halangan dari kaum Yahudi dan munafiq di kota itu, dia tetap berpegang teguh kepada prinsip-prinsip kepemimpinan yang berkesan," jelas Zulkifli lagi. Badrul hanya berdiam diri sambil menangguk kepalanya setelah mendengar ucapan temannya itu.

"Baiklah. Kita ada lebih kurang dua jam lagi sebelum ceramah itu bermula. Elok kita pergi makan dahulu sebelum ke UIAM," Zulkifli memberikan cadangannya. Lagi sekali Badrul hanya mengangguk kepalanya tanda bersetuju dengan Zulkifli.

Setibanya di UIAM, kedua orang ini terus ke dewan syarahan di mana ceramah itu diadakan. Dewan itu terletak berdekatan dengan bangunan pentadbiran universiti. Dari itu, mereka tidak menghadapi banyak masalah mencarinya. Semasa ceramah tersebut, Zulkifli terkilan apabila pensyarah memberi pendapatnya bahawa Afghanistan hanyalah merupakan satu bida dalam pertarungan dua gergasi dunia pada ketika itu iaitu Amerika Syarikat dan Soviet Union.

"Dunia Islam hanya boleh melihat tetapi tidak boleh melakukan sesuatu demi untuk membantu saudara Islamnya di Afghanistan," jelas pensyarah itu dengan nada suara yang terang. Perasaan Zulkifli menjadi bertambah terharu apabila pensyarah itu membuat kesimpulan bahawa penjajahan ini mungkin akan berterusan dengan agak lama lagi.

"Sebuah negara Islam dijajah oleh negara kominis yang tidak mempercayai Tuhan. Alangkah sedihnya kejadian ini!" bisik Zulkifli perlahan pada dirinya sendiri.

"Kenapa ini boleh terjadi?" tanya Zulkifli sendiri.

"Macam mana hendak membantu Afganistan sedangkan jiran terdekatnya iaitu Republik Islam Iran sendiri terjerumus dengan peperangan menentang Iraq, sebuah negara yang ramai rakyatnya beragama Islam," jelas Badrul apabila mendengar keluhan Zulkifli tadi.

Peperangan antara Iran dan Iraq timbul apabila Iraq mencerobohi kawasan Iran pada tanggal 22 Sep 1980. Ia terjadi kerana Iraq hendak mengelakkan pengaruh Iran berikutan dari penubuhan Republik Islam di negara jirannya itu. Ramai penduduk Islam di Iraq ialah pengikut Syiah dan mereka mengikuti perkembangan terbaru di Iran sebagai satu inspirasi bagi mereka lebih-lebih lagi pemerintah Iraq terdiri dari orang-orang Sunni.

Zulkifli hanya berdiam diri mendengar ucapan Badrul tadi. Kali ini giliran dia pula mengangguk kepala seperti Badrul. Tanpa Zulkifli sedari, dia sedang diperhatikan oleh orang lain ketika berada di ceramah tersebut.

Apabila mereka pulang ke Singapura pada keesokan harinya, berlaku satu titik hitam dalam hidup Zulkifli. Dia dan Badrul telah ditahan dan disoal siasat oleh pegawai polis di Lapangan Terbang Changi sejurus sahaja mereka selesai pemeriksaan paspot. Hati Zulkifli menjadi risau kerana tidak pernah dibawa ke bilik interviu di situ. Dia berdoa agar semuanya berakhir dengan selamat baginya dan Badrul.

"Apa tujuan anda ke sana?" soal seorang pegawai polis peraman kepada Zulkifli. Pegawai itu kelihatan berumur lewat 40an dan raut wajahnya penuh dengan kemusykilan.

"Kami diarahkan oleh editor saya untuk pergi menghadiri ceramah di UIAM kerana ia adalah suatu topik yang hangat dibincangkan oleh masyarakat kita pada ketika ini. Kami perlu membuat satu liputan di dalam majalah kami bulan depan," jawab Zulkifli dengan panjang lebar. Dia benar-benar berharap agar penjelasannya itu dapat diterima oleh pegawai tadi.

"Siapa kamu berjumpa di sana?" tanya pegawai polis tersebut. Kali ini matanya tajam memandang ke arah Zulkifli. Dia seolah-olah merenung terus ke mata anak muda itu.

"Tidak ada sesiapa," jawab Zulkifli pendek. Hatinya sudah mula cemas dengan semua ini dan tidak sabar untuk keluar dari bilik interviu itu dengan segera.

"Betul?" tegas pegawai polis itu.

"Ya, betul," jawab Zulkifli dengan nada suara tinggi tetapi gementar.

"Tunggu sebentar," perintah pegawai itu kepada Zulkifli lalu keluar dari bilik interviu itu.

Ketika dia berseorangan di bilik tersebut, fikiran Zulkifli bercelaru dan penuh kerisauan. Dia takut akan ditahan lebih lama lagi.

"Apa akan terjadi kepada aku ni?" tanya Zulkifli dihatinya.

"Macam mana dengan ibu aku nanti? Pasti dia akan menjadi sedih apabila mendapat tahu aku ditahan polis. Kasihan dia!" Perasaan sedih menyeliputi jiwa Zulkifli mengenangkan nasib ibunya.

Nama ibunya ialah Zainab tetapi orang memanggilnya Mak Nab. Ini mungkin kerana dia kelihatan lebih tua dari umurnya yang sebenar. Mak Nab sudah lama kehilangan suaminya iaitu bapa Zulkifli. Beliau mati kerana dilanggar bas ketika keluar pergi bekerja pada waktu Suboh. Pada waktu itu, Zulkifli masih berumur enam tahun dan adiknya Zulaikha pula berumur dua tahun. Sejak kejadian itu, Mak Nab terpaksa keluar bekerja menampung keperluan harian mereka sekeluarga.

"Usah kau risaukan pasal mak," kata Mak Nab ketika Zulkifli hendak berangkat ke Kuala Lumpur dahulu.

"Dahulu selepas abah kau meninggal dunia, mak seorang sahaja. Kemana-mana pergi pun berseorangan sampailah kau berdua beradik besar sedikit. Kita harus banyak bertawakkal kepada Allah," berkongsi Mak Nab tentang kisah hidupnya yang sentiasa menyerah diri ke atas kudhrat Tuhan dalam kehidupannya sehari-hari.

"Kau pergi pun tidak lama, kan? Usah tidak payah risau sangat tentang mak," jelas Mak Nab cuba menenangkan hati Zulkifli.

Begitulah sucinya hati seorang ibu demi menjaga hati anaknya. Walaupun dia risau akan pemergian Zulkifli namun dia tidak mahu anaknya sedemikian sepertinya. Dia lebih suka anaknya pergi dengan senang hati.

Zulkifli yang sudah matang dengan hidup bersama ibunya, faham akan maksud kata-kata ibunya itu. Dia memang amat menghargai jasa ibunya yang telah banyak membuat pengorbanan untuk dia dan adiknya.

Fikiran Zulkifli juga melayang kepada Wahidah, orang yang telah mencuri hatinya dan kini bertahta di mahligai hatinya.

"Apakah yang dia sedang lakukan sekarang ini? Masihkah dia mahu berkenalan dengan aku jika aku mempunyai rekod salah?" Perasaan tidak menentu timbul di hati Zulkifli.

Sebentar kemudian, pegawai polis tadi datang kembali ke bilik interviu itu.

"Minta maaf jika pihak kami mengganggu tuan. Kami hanya menjalankan tugas," jelas pegawai itu sambil merenung muka Zulkifli.

"Kami harap tuan telah berkata dengan benar. Jika tidak, pihak kami akan berjumpa dengan tuan lagi," kata pegawai polis itu kepada Zulkifli. Dia pun memberi isyarat tangan kepada Zulkifli untuk keluar dari bilik itu.

Selepas itu, Zulkifli pun beredar pulang dengan menaiki teksi. Dia tidak terjumpa Badrul ketika pulang dari lapangan terbang tersebut. Hatinya ada juga tertanya-tanya di mana Badrul tetapi perasaan gembiranya meninggalkan tempat itu membuat dia terlupa tentang teman sekerjanya.

Pada keesokan harinya, Zulkifli terserempak dengan Badrul di pejabat mereka. Apabila berjumpa, perasaan Zulkifli menjadi gembira kerana temannya itu turut dibenarkan pulang sepertinya. Badrul pula menunjukkan muka masamnya apabila berjumpa Zulkifli.

"Kau pun ditahan polis semalam?" tanya Badrul dengan suara meninggi.

"Ya, dan kau bagaimana? Bila kau pulang ke rumah?" tanya balik Zulkifli pada temannya.

"Aku dilepaskan mereka pada pukul tiga pagi tadi," kata Badrul seperti orang merajuk dengan kekasihnya.

"Kenapa begitu lama sekali? Apa sebabnya?" soalan Zulkifli kepada Badrul.

"Aku rasa mereka cuba mengungkit sesuatu tentang kau dari aku! Soalan mereka banyak tentang hal kau," jawab Badrul dengan bibirnya mengacu ke arah Zulkifli.

"Pelik? Mereka tidak tanya aku tentang kau," kata Zulkifli dengan kehairanan.

"Eh, apa yang ditanyakan tentang aku?" tanya Zulkifli lagi.

"Macam-macam...apa hubungan aku dengan kau, apa pendirian kau tentang penaklukan Afghanistan, apa fikiran kau tentang ceramah yang kita hadiri itu, banyak sangat soalan sampai aku pun terlupa akan mereka," keluh Badrul meminta dirinya dikasihani.

Setelah mendengar ucapan Badrul tadi, fikiran Zulkifli menerawang jauh.

"Adakah penaklukan Afghanistan merupakan satu ancaman pada pihak berkuasa di sini? Kenapa dan bagaimana pula?" tanya Zulkifli di hatinya.

"Mungkinkah sudah banyak anak-anak Melayu yang terlibat dalam memberi sokongan kepada perjuangan menentang Soviet Union sehingga pihak berkuasa menjadi khuatir dengan perkembangan ini?" tambah Zulkifli lagi.

"Apa harus kita lakukan sekarang?" tanya Badrul apabila perasaan marahnya mula kembali reda.

"Aku bercadang kita beritahu Encik Zainal tentang perkara ini. Mudah-mudahan dia dapat memberi sedikit penerangan," jawab Zulkifli dengan harapan Badrul akan setuju dengan cadangannya.

"Baiklah. Biarpun begitu, kau harus berwaspada setelah memberitahunya. Kalau dia tidak berasa puas hati, mungkin hubungan kau dengan Wahidah akan terputus," jelas Badrul kepada temannya tentang sesuatu yang di luar jangkaan Zulkifli.

"Apa maksud kau?" tanya Zulkifli dengan kehairanan. Dia ingin benar hendak mengetahui jawapan Badrul itu.

"Aku rasa bahawa kau ini sedang di bawah perhatian pihak berkuasa yang mana aku pun tidak tahu apa sebabnya. Dari itu, Encik Zainal mungkin tidak mahu kau berhubungan dengan Wahidah lagi," jelas Badrul kepada kenyataan yang dibuatnya tadi.

"Kalau benar pun, apa sebab mesti Encik Zainal mencampuri hubungan antara pekerjanya? Itu sudah melebihi batas, bukan?" bentak Zulkilfli seperti seorang panglima Melayu.

29

"Maksud kau, dia tidak boleh campur tangan dalam hal anaknya sendiri?" balas Badrul dengan meninggikan suaranya.

Perasaan hati Zulkifli menjadi gelora apabila mendengar ucapan Badrul tadi. Setelah hampir lima tahun dia bekerja di syarikat itu, dia tidak pernah tahu dari sesiapa pun bahawa Encik Zainal dan Wahidah ada mempunyai tali hubungan keluarga sesama mereka. Apabila Badrul memberitahunya tentang hubungan itu, dia ibarat seperti orang yang baru sahaja disambar halilintar.

"Benar ke ini, Badrul?" Zulkifli bertanya dengan wajah yang pucat.

"Kau tidak tahu hubungan mereka selama ini?" balas Badrul seakan terperanjat dengan pertanyaan yang dibuat oleh Zulkifli.

"Demi Allah. Aku berkata dengan benar," tambah Badrul dengan tegas.

Hati Zulkifli menjadi bertambah gelora. Dia memikirkan sama ada dia patut beritahu Encik Zainal akan kejadian semalam di mana dia ditahan pihak berkuasa di Lapangan Terbang Changi. Dia tidak mahu hubungannya dengan Wahidah terputus akibat kejadian itu. Cintanya pada Wahidah sudah mendalam dan dia tidak sanggup melepaskannya.

"Apa harus aku buat sekarang ini?" bisik Zulkifli di hatinya.

Bab Ketiga

Pada awal 1990an, beberapa peristiwa dahsyat telah berlaku yang melibatkan kaum Muslimin. Peristiwa pertama berlaku di Colombo, Sri Lanka di mana pembunuhan beramai-ramai terhadap orang Islam oleh pihak pemisah Tamil Tigers. Dalam serangan itu, lebih kurang seratus enam puluh lapan orang telah terbunuh. Pertumpahan darah juga terjadi antara tentera Israel dengan penduduk Palestine berdekatan dengan Masjidil Aqsa. Ia mengakibatkan beberapa orang penduduk Islam Palestine meninggal dunia dan lebih dari seratus orang tercedera. Sementara itu, suara anti-Islam semakin lantang di Parlimen India yang menyokong satu usul untuk merobohkan Masjid Babur di Ayodhya. Beberapa rusuhan yang dipelopori oleh kaum Hindu terhadap masyarakat Islam tempatan juga mengakibatkan nyawa terkorban bagi pihak orang Islam.

Pagi itu, Zulkifli sedang duduk di meja makan dan bersarapan bersama ibunya, Mak Nab. Inilah keadaan mereka dua-beranak pada setiap pagi sebelum Zulkifli berangkat pergi ke tempat kerjanya. Mereka akan duduk dan makan bersama sambil berbual tentang perkara-perkara yang baru berlaku dalam hidup mereka atau sesuatu yang mereka baru ketahui terjadi. Mak Nab gemar pada setiap saat sebegini. Hilang perasaan rindu pada arwah suaminya apabila duduk bermesra dengan anak sulungnya itu. Walaupun arwahnya kurang berpendidikan seperti Zulkifli, namun dia pintar membuat rumusan tentang sesuatu perkara dan juga sering memberi kata-kata nasihat yang bernas kepada Mak Nab.

"Zul hendak tambah kopi?' tanya Mak Nab apabila melihat anaknya duduk diam lama di atas kerusi.

"Boleh juga," jawab Zulkifli pendek. Fikiran dia mengelamun jauh setelah membaca berita tentang ancaman terhadap pemusnahan Masjib Babur di Ayodhya oleh kaum Hindu di negara India.

"Kenapa mereka tidak duduk berbincang sesama sendiri untuk menghuraikan masalah ini?" bisik hati Zulkifli.

"Setiap kali mereka membuat ancaman, masyarakat Islam pasti akan merasakan padahnya kerana mereka itu kaum minoriti di sana," fikiran Zulkifli membuat ulasan sendiri.

"Kenapa kau diam sahaja, Zul?" tanya Mak Nab lagi setelah habis tambah kopi minuman anaknya itu.

"Ini berita dari India," Zulkifli menjawab sambil menuding jari ke arah muka depan surat khabar hari itu.

"Kalau tidak dikendalikan dengan betul maka padahlah nanti," rumusan Zulkifli terhadap isu ancaman ke atas penduduk Islam di Ayodhya.

"Apa yang harus dilakukan oleh orang Islam sebaliknya?" tanya Mak Nab inginkan kepastian.

"Salah orang Islam sendiri kerana mereka itu lemah dan tidak bersatu," jawab Mak Nab sendiri sebelum Zulkifli sempat menjawab soalannya tadi.

Mendengarkan ucapan ibunya itu, Zulkifli teringatkan rumusan yang sama dibuat oleh pensyarah di UIAM dahulu. Masyarakat Islam kini mempunyai banyak pemimpin-pemimpin yang berkepentingan diri sendiri dan sering bermain politik. Akibatnya, masyarakat itu tidak bersatu apabila berdepan dengan masalah yang mencabar kedudukan dan martabat mereka. Ini juga memberi peluang kepada kaum yang lain kerana mereka melihat ini sebagai satu tanda kelemahan masyarakat Islam.

"Kata Ekah, kau ini merajuk dengan Wahidah. Betul, Zul?" soal Mak Nab menukarkan tajuk perbualan mereka kepada perkara yang dekat di hatinya ketika itu.

Bulu kening mata Zulkifli ternaik apabila mendengar pertanyaan ibunya tadi. Dia sudah menjangkakan bahawa adiknya, Zulaikha akan sampaikan berita tentang hubungannya dengan Wahidah kepada ibunya kerana mereka pernah berbual pasal tersebut tempoh hari dahulu. Kedua beradik itu memang rapat dan sering berkongsi pengalaman hidup masing-masing.

"Itu biasa saja bagi orang sedang bercinta, Zul. Kadangkala bahagia dan kadangkala sedih. Hati kita sudah bukan milik kita sendiri lagi," nasihat Mak Nab sebelum Zulkifli sempat menjawab pertanyaannya tadi.

Zulkifli hanya duduk berdiam diri di kerusinya. Fikiran dia teringatkan kedudukannya sekarang yang sudah bekerja di syarikat penerbitan itu lebih lima tahun. Dia mula berasa selesa dengan tugasnya sebagai penolong penerbit. Dia juga ada menulis beberapa kata lidah pengarang untuk majalah terbitan mereka. Ramai orang yang memberi pujian tentang tulisannya termasuk teman-temannya di universiti. Namun demikian, Zulkifli tetap berasa seperti ada kekosongan di dalam jiwanya. Dia tidak tahu apakah sebenarnya perkara itu walaupun dia pernah berkali-kali berbincang dengan teman-temannya. Kekosongan inilah yang kadangkala membuat dia berasa amat sedih sekali.

"Entah kenapa aku berasa seperti sesuatu kekosongan dalam hidup aku ini," keluh hati Zulkifli apabila teringatkan perkara tersebut.

"Mungkinkah ia kerana Wahidah. Adakah ini saja sebabnya?" tanya Zulkifli kepada dirinya sendiri.

"Eh, nanti kau lambat masuk kerja, Zul!" terdengar suara Mak Nab menegur anaknya setelah melihat jam di dinding menunjukkan pukul lapan suku pagi. Zulkifli pun bergegas keluar rumah sambil memberi salam kepada ibunya.

Pada pagi hari tersebut, perjumpaan sidang pengarang sedang diadakan di bilik mesyuarat. Sampai sahaja di tempat kerjanya, Zulkifli terus masuk ke bilik mesyuarat tanpa berlengah lagi. Hatinya menjadi risau takut kalau Encik Zainal rasa terkilan dengan perbuatannya. Ini kerana Encik Zainal sendiri seorang yang tepat waktu dan dia tidak suka jika anak-anak buah tidak sebegitu.

Di bilik mesyuarat itu, Zulkifli duduk di sebelah kiri Encik Zainal, seperti biasanya. Sambil dia membetulkan tempat duduknya, perhatian Zulkifli tertumpu kepada ucapan yang sedang diberikan oleh Pak Mat.

34

"Buku The Satanic Verses tidak lain hanyalah satu karangan novel. Kita tidak harus berikan dia perhatian yang lebih dari itu," kata Pak Mat dengan tenang. Pandangan matanya hanya tertumpu kepada Encik Zainal.

"Kenapa kita mesti berikan buku ini free publicity?" tanya Pak Mat dengan sinis.

"Encik Mohamad, masalahnya ialah orang ramai tidak mempunyai pendapat sedemikian," balas Encik Zainal terhadap ucapan Pak Mat tadi.

"Ramai orang terutama di negara-negara Islam yang berpendapat buku ini menghina agama mereka. Mereka mahu penulisnya, Salman Rushdie dihukum dengan segera," tambah Encik Zainal sambil menunjukkan beberapa potongan surat khabar asing di depannya.

Zulkifli memang tahu tentang kontroversi mengenai buku karangan Salman Rushdie yang berjodol 'The Satanic Verses'. Buku ini mengandungi beberapa cerita yang antara lainnya menonjolkan watak mirip Nabi Muhammad SAW di mana kononnya beliau telah mengizinkan orang-orang Jahiliyah Mekah turut sama menyembah Tuhan-tuhan yang dicipta oleh mereka selain dari Allah. Ini dilakukan demi untuk menarik lebih ramai lagi penduduk kota itu memeluk agama baru yang dibawa olehnya. Justeru para pengkritik dan ulama-ulama Islam membantah kuat penjualan buku ini kerana ia menuduh ajaran Islam telah direka oleh Nabi Muhammad SAW dan bukanlah sebagai agama yang diturunkan oleh Allah Taala.

Berbagai tunjuk perasaan membantah dan mengutuk pengarang itu telah berlaku secara besar-besaran di beberapa negara

Islam seperti Iran, Pakistan dan Indonesia sehinggakan pemimpin agama Iran, Ayatollah Ruhollah Khomeini mengeluarkan satu fatwa pada Sep 1989 yang mengenakan hukuman bunuh terhadapnya. Ini membuat pengarang tersebut memilih untuk sembunyikan dirinya di negara-negara Eropah. Perbuatannya ini mewujudkan ketegangan antara dunia Islam dengan dunia Barat. Orang-orang Barat menyebelahi pihak Salman Rushdie atas kepercayaan mereka kepada hak kebebasan bersuara. Mereka lebih utamakan hak ini daripada perasaan simpati terhadap orang-orang Islam yang tersinggung dengan buku tersebut.

"Kenapa pihak Barat tidak memahami perasaan orang Islam?" tanya Zulkifli di dalam hatinya.

"Tidakkah mereka faham bahawa buku ini telah menghina orang Islam apabila ia membuat andaian Nabi Muhammad SAW menokok tambah ajaran Allah Taala," bisik lagi hatinya.

"Lebih dahsyat lagi, buku ini menuduh Nabi Muhammad SAW sebagai seorang pembohong dan opportunis," fikir Zulkifli dengan perasaan marah.

"Encik Zainal, saya setuju kita buat liputan mendalam terhadap buku tersbut. Ini adalah supaya masyarakat kita dapat lebih fahami tentang duduk perkara sebenarnya," kata Zulkifli tanpa diminta pendapatnya oleh ketuanya.

"Hmm," keluh Encik Zainal setelah mendengar ucapan yang dibuat oleh anak-anak buahnya.

"Baiklah, ada apa-apa lagi yang hendak dibincangkan. Jika tidak, saya putuskan kita ambil topik ini untuk keluaran akan datang," jelas Encik Zainal setelah menarik nafas panjang.

"Badrul, awak buat laporan depan tentang isu ini. Bagi sesiapa yang ingin berikan tulisan anda, hantar kepada saya akhir minggu ini. Saya akan meneliti sama ada perlu dimasukkan dalam keluaran akan datang," tambah Encik Zainal dengan mengarah anak-anak buahnya melakukan tugas mereka.

Ketika keluar dari bilik mesyuarat, Zulkifli melintas lalu depan Pak Mat di muka pintu. Dia ternampak raut wajah Pak Mat seperti seorang yang tidak bermaya. Lalu dia pun menegur Pak Mat.

"Pak Mat sihat hari ini?" tanya Zulkifli memulakan perbualan. Pak Mat menoleh ke arah Zulkifli dan kemudiannya tersenyum sedikit.

"Kamu setuju dengan fatwa membunuh Salman Rushdie?" tanya kembali Pak Mat kepada teman sekerjanya yang muda itu. Mereka jalan bersama menuju ke tempat meja kerja Pak Mat di hujung koridor itu.

"Kenapa Pak Mat tanyakan kepada saya sedemikian?" jawab Zulkifli sambil kelihatan hairan dengan pertanyaan daripada orang tua itu. Hatinya menjadi curiga serta ghairah ingin mendengarkan jawapan Pak Mat.

Sampai sahaja di tempat kerjanya, Pak Mat pun duduk lalu hidupkan api mancis untuk menghisap paipnya yang usang. Dia kelihatan seperti seorang pensyarah universiti di mana Zulkifli menuntut dahulu. Sementara itu, Zulkifli hanya berdiri tegak menunggukan jawapan dari Pak Mat seperti seorang penuntut sekolah menantikan keputusan daripada guru besarnya.

"Kau pernah dengar Nabi Muhammad SAW memberi fatwa untuk membunuh seorang hamba Allah," tanya Pak Mat kepada Zulkifli sambil mempelawanya duduk di kerusi berhadapan dengan meja kerjanya.

"Tidak tetapi dia ada menyampaikan perintah Allah untuk melawan musuh Islam," jawab Zulkifli dengan penuh yakin.

"Jadi bagi kau, Salman Rushdie itu adalah musuh Islam sebab itu dia boleh dibunuh?" tanya Pak Mat sebaliknya.

"Saya faham akan maksud Pak Mat. Sekarang ini, sudah banyak pihak yang terang-benderang menentang orang Islam. Jika mereka itu semua hendak dibunuh, apa akan terjadi kepada orang Islam sebaliknya," Zulkifli menerangkan pendapatnya.

"Pak Mat, perbuatan menghina Nabi Muhammad SAW itu amat keji dan tidak boleh dibiarkan. Apatah lagi, Nabi Muhammad SAW tidak pernah berkelakuan sedemikian terhadap musuh-musuh Islam semasa hayatnya," kongsi Zulkifli akan perasaannya tentang perkara tersebut. Dia juga berasa bangga apabila menyentuh tentang keunggulan watak Nabi Muhammad SAW.

"Kau mesti ingat bahawa kita perlu tahu siapakah musuh Islam dan siapakah pembunuh upahannya. Kita mesti bijak menangani masalah ini," berkata Pak Mat dengan memberi imbasan akan kontroversi tentang buku 'The Satanic Verses' itu.

"Bagi orang Barat, mereka memang peka dengan berfikiran terbuka sebab ia adalah budaya mereka. Mereka melihat buku tersebut hanyalah satu pendapat seorang penulis yang boleh diterima mereka sebagai satu bentuk kebebasan bersuara yakni *freedom of expression*. Di sebalik itu, ada sesetengah pihak yang menggunakan kontroversi ini untuk melaga-lagakan orang Islam dengan orang Barat. Ada juga pihak yang menggunakan peluang ini untuk menonjolkan diri di dalam masyarakat mereka," jelas Pak Mat dengan penuh hemah.

Ucapan Pak Mat meninggalkan kesan yang mendalam kepada diri Zulkifli. Dia kini sedar akan kebenaran yang dibentangkan oleh Pak Mat tadi. Di samping itu, dia juga kagum dengan keupayaan intelek temannya itu dalam mengupas isu buku kontroversi tersebut. Dia akui kelebihan pengalaman serta ilmu yang diperolehi oleh Pak Mat.

"Terima kasih Pak Mat kerana berkongsi dengan saya tadi," beritahu Zulkifli pada teman kerjanya itu. Dia berucap dengan nada suara yang penuh rendah diri.

"Pendapat Pak Mat itu ada kebenarannya," tambah Zulkifli lagi.

"Tidak payahlah. Aku hanya memberi peringatan sahaja," kata Pak Mat yang kini berasa kekok dengan pujian yang diberikan oleh teman mudanya.

Di samping itu, perasaan Pak Mat terhadap Zulkifli turut berubah. Dia menghormatinya lebih dari dahulu dan juga berasa bersyukur kerana mempunyai seorang teman sepertinya. Bagi dia, Zulkifli adalah seorang yang jujur lagi luas pemikiran. Perwatakannya yang tinggi ini membuat Pak Mat yakin dia akan membawa kebaikan kepada masyarakatnya.

Beberapa bulan kemudian, satu peristiwa bersejarah terjadi di Singapura apabila peralihan jawatan Perdana Menteri berlaku antara Encik Lee Kuan Yew dengan Encik Goh Chok Tong. Peralihan ini dilakukan dalam keadaan aman damai dengan kesemua masyarakat Singapura menyambut baik pertukaran tersebut. Mereka merasa puas hati dengan pemerintahan Singapura lebih-lebih lagi suasana tenteram antara kaum telah tercapai sejak berpisah dari Malaysia pada tahun 1965.

"Kita harus bersyukur dan berdoa agar kemakmuran yang sedang dikecapi ini akan berterusan di bawah pimpinan Encik Goh," kata Pak Mat kepada Zulkifli dan Badrul ketika mereka sedang duduk makan tengah hari di kantin.

"Benar kata Pak Mat itu," sambut Badrul sambil menyuap nasi ke mulutnya.

"Kita tengok sahaja keadaan masyarakat Islam di kebanyakan negara lain terutama mereka yang menjadi minoriti seperti kita," tambah Badrul setelah habis menguyah makanan dan menelannya.

"Di Tebing Barat, anak muda Palestine mula bangun menentang askar-askar Israel yang menjajah dan menindas mereka. Di India pula, kaum Muslimin diserang dan dihalau dari perkampungan mereka. Di Bosnia, kaum Serbs menyerang dan membunuh jiran-jiran mereka yang beragama Islam." tambah Badrul dengan penuh kesungguhan.

"Ini semua berlaku dengan sewenang-sewenangnya," berkata Zulkifli dengan sinis.

"Balasan bagi mereka yang menganiayai orang Islam akan berlaku samada di dunia ini atau di akhirat. Itu janji Allah," Pak Mat memberitahu kepada teman-teman mudanya itu.

"Yang pentingnya, kita jangan menganiayai atau membuat fitnah terhadap orang lain. Mengikut Islam, orang yang berbuat demikian sama seperti membunuh orang lain," berkongsi Zulkifli tentang satu hadis Nabi Muhammad SAW.

Ketiga orang itu kemudian meninggalkan kantin tersebut untuk pulang ke pejabat mereka. Dalam perjalanan itu, Zulkifli teringatkan pengalaman dia jalan bersama Wahidah apabila pulang selepas makan tengah hari. Tiba-tiba dia berasa hiba kerana sudah lama tidak berjumpa dengan Wahidah.

"Apa kabar dia sekarang? Lama kita tidak berjumpa," tanya Zulkifli kepada dirinya sendiri.

"Kenapa Zul? Lain sahaja nampaknya," tegur Badrul melihatkan raut wajah temannya menjadi kusut ketika itu.

"Kau teringatkan Wahidahkah?" Badrul cuba mengintip perasaan Zulkifli apabila temannya itu hanya berdiam diri sahaja.

"Tidak elok kau mengelakkan diri daripadanya. Setelah kau curi hatinya kini kau biarkan dia seorang diri." Badrul berkongsi pendapatnya tentang perbuatan Zulkifli yang sengaja menjauhkan diri daripada Wahidah.

"Kau tidak faham. Aku terpaksa melakukan demikian," Zulkilfli beritahu dengan nada suara yang sedih.

"Apabila aku memikirkan hubungan kami berdua, berbagai perasaan timbul dalam diri aku. Aku rasa takut, marah, malu dan juga sedih," tambah Zulkifli memberi penjelasan. Fikirannya kemudian mengelamun teringatkan beberapa perkara seperti kejadian dia di tahan di Lapangan Terbang Changi dahulu,

41

tentang hubungan Wahidah dengan Encik Zainal, keadaan ibunya yang banyak membuat pengorbanan, dan pergelotan yang mencengkami masyarakat Islam amnya.

"Aku tidak tahu samada aku ini masih lagi di bawah pengawasan pihak berkuasa, aku takut kalau Wahidah dan ahli keluaga aku pun turut sama terjejas akibat hubungan mereka dengan aku," kata Zulkifli dengan nada suara lemah. Badrul mengangguk kepalanya dengan perlahan.

"Aku malu dengan teman-teman kerja yang lain sebab mereka mungkin menyangkakan aku seorang oportunis disebabkan hubungan aku dengan anak boss. Aku juga marah dengan Wahidah kerana tidak memberitahu aku tentang hubungannya dengan Encik Zainal," tambah Zulkifli mengingatkan kebodohan dirinya sendiri kerana tidak tahu hubungan Wahidah dengan ketuanya.

"Aku juga berasa sedih melihatkan keadaan kita sekarang ini di mana banyak orang Islam yang tertindas dan aku tidak berupaya melakukan sesuatu untuk membantu mereka. Aku rasa diri aku ini tidak berharga dibandingkan dengan mereka yang yang telah membuat pengorbanan untuk Islam dan masyarakat kita." Zulkifli berkongsi perasaan sedihnya itu.

Fikiran Zulkifli kemudian teringatkan kisah Nabi Muhammad SAW semasa baginda mula menyebarkan syiar Islam di kota Mekah. Pada suatu ketika, seorang pengikut baginda sedang berdiri di hadapan Kaabah sambil berdoa lalu datang seorang kaya Quraish, Uqba bin Abui Muait mencekiknya di bahagian leher sehingga dia tidak dapat bergerak. Apabila kejadian ini sampai kepada pengetahuan Sayyidina Abu Bakar, sahabat baik Nabi

Muhammad SAW itu dengan segera dan berani menegur perbuatan Uqba sehingga dia berhenti melakukan perbuatan jahatnya itu.

"Mungkin aku harus mengikut cara yang dilakukan oleh Sayyidina Abu Bakar," bisik hati Zulkifli mengenangkan masalah yang sedang dihadapinya itu.

"Entahlah, aku tidak tahu kenapa aku rasa sedemikian sekarang ini," kata Zulkifli kepada Badrul sambil menghembuskan nafas panjang.

"Cuma aku tahu aku perlukan masa sendirian sebelum aku buat apa-apa keputusan tentang hubungan kami," kata Zulkifli mengenai rancangannya. Dia kelihatan resah dan risau.

Badrul hanya berdiam diri mendengarkan Zulkifli meluahkan perasaannya tadi. Dia tidak sangka temannya itu dalam keadaan yang amat tertekan.

Sementara itu, Pak Mat yang berada di bahagian belakang mereka turut mendengar lamunan hati Zulkifli tadi. Lalu dia pun membuat saranan kepada Zulkifli.

"Kalau begitu, elok awak ikut saya pergi haji tahun depan," sambut Pak Mat sambil mempelawa Zulkifli melakukan ibadah haji bersamanya.

"Aku akan pergi ke sana seorang diri saja. Jadi kalau ada teman lagi bagus. Aku boleh berkongsi pengetahuan aku tentang kota itu dengan kau," tambah Pak Mat memaniskan saranannya tadi.

"Aku pergi haji?" tanya Zulkifli pada diri sendiri.

"Pergi ke tempat Islam mula tersebar di dunia ini?" berkata hati Zulkifli lagi yang kini mula menjadi girang.

Bab Keempat

Tinggal hanya seminggu lagi sebelum menyambut Hari Raya Haji dan Zulkifli serta rombongannya akan berangkat ke Mekah pada petang hari, tanggal 25 Jun 1990. Hatinya berdenyut kuat apabila sampai di Terminal Satu, Lapangan Terbang Antarabangsa Changi. Inilah pertama kalinya dia melakukan ibadah haji dalam seumur hidupnya. Dia teringatkan cerita-cerita lama ketika arwah bapanya berbual dengan teman-temannya di masjid kampung mereka. Cerita yang berisi penuh dengan pengalaman hidup mereka semasa menunaikan ibadah haji di Mekah dahulu.

Sejurus sahaja dia duduk di kerusi plastik di Terminal Satu sambil menunggu Pak Mat, fikiran Zulkifli mengimbas kembali kepada perisitwa penahanannya oleh pihak berkuasa di tempat tersebut tiga tahun yang lalu. Dia berharap agar pengalaman pahit itu tidak akan berulang lagi apabila dia pulang ke Singapura dalam masa sebulan nanti.

Zulkifli kemudian teringat semula sebab dia bersetuju dengan cadangan daripada Pak Mat untuk pergi melakukan ibadah haji bersamanya.

"Aku rasa masa ini amat sesuai untuk kau pergi ke sana," berkata Pak Mat sambil memandang ke muka Zulkifli. Mereka

45

baru sahaja habis menghadiri taklimat oleh pegawai haji mereka di Masjid Sultan.

"Kenapa Pak Mat berkata demikian?" soal Zulkifli kepada temannya itu dengan penuh hairan.

"Aku lihat kau selalu tertanya-tanya tentang masyarakat kita seolah-olah kau tidak yakin dengan masa depan mereka," balas Pak Mat kepada pertanyaan Zulkifli tadi.

"Tidaklah begitu. Saya hanya risau dengan apa yang sedang berlaku kepada masyarakat Islam kita di merata dunia. Saya tengok banyak sangat isu yang timbul dalam masyarakat kita tetapi huraiannya tidak ada," Zulkifli jelaskan dengan sungguh-sungguh.

"Huraiannya bergantung dengan para pemimpin kita. Kalau mereka tidak melakukan sesuatu macam mana orang biasa hendak menghuraikan masalah-masalah tersebut," Pak Mat memberikan pendapatnya.

"Agama Islam itu rasional dari segi praktikal seperti yang selalu ditonjolkan oleh Nabi Muhammad SAW," tambah Pak Mat lagi.

"Itu yang buat saya amat sedih sekali. Masyarakat dunia seperti tidak menghormati ajaran Nabi Allah kita itu," keluh Zulkifli dengan nada suara lemah.

Keadaan di Terminal Satu, Lapangan Terbang Antarabangsa Changi, menjadi semakin gamat dengan ramai orang Melayu datang berkunjung ke situ. Mereka ini hendak menemani serta mengucapkan selamat jalan kepada ahli keluarga mereka yang akan berangkat ke Mekah untuk melakukan ibadah haji. Ada di antara mereka yang bergelak ketawa, ada yang berdiam diri sahaja dan ada juga yang menangis tersedu kerana ditinggalkan oleh orang yang dikasihi. Terdapat juga sekumpulan lelaki yang memakai kain ihram seperti Zulkifli dan mereka dikelilingi oleh perempuan-perempuan yang memakai tudung berwarna putih.

Zulkifli ditemani oleh ibu dan adiknya ketika sampai di Terminal Satu. Waktu disitu menunjukkan lebih kurang satu jam lagi sebelum masa *check-in*. Perhatian Zulkifli asyik tertumpu kepada orang ramai yang berada di sana. Dia seolah-olah mencari seseorang yang dikenali untuk hadir bersama mereka itu. Ibunya, Mak Nab dan adiknya, Zulaikha memegang rapat kedua belah tangan Zulkifli. Inilah kali pertama keluarga itu berpisah untuk jangka masa yang panjang.

"Abang tidak lapor diri kepada pegawai haji abang?" tanya Zulaikha dengan suara perlahan.

"Tidak belum lagi. Abang tunggu Pak Mat dahulu dan kemudian kami sama-sama pergi melapurkan diri nanti," Zulkifli beritahu akan rancangannya. Dalam hatinya tertanya-tanya di manakah Pak Mat berada sekarang.

Zulkifli memandang ke arah ibunya yang diam bersunggul. Dia perasaan orang tuanya itu dalam keadaan risau dan bimbang.

"Ekah, kalau apa-apa terjadi kepada ibu semasa abang pergi, cepat-cepat telefon abang di hotel nanti." Zulkifli mengingatkan adiknya lagi tentang perkara tersebut. Dia amat takut adiknya tidak berbuat demikian semasa pemergiannya.

"Mak tidak marah kerana Zul tidak bawa bersamakan?" tanya Zulkifli kepada ibunya walaupun perkara tersebut sudah berulang-kali dibicarakan oleh mereka.

"Tidak. Lain kali kita boleh pergi bersama dan kau mesti jaga mak dan adik kau di sana nanti," balas Mak Nab menenangkan hati Zulkifli.

Mendengarkan ucapan ibunya itu, Zulkifli pun mencium dahinya dengan penuh kasih sayang. Di dalam hatinya dia berdoa agar ia menjadi kenyataan kelak.

"Mana teman kau, Wahidah? Dia tidak datang?" tanya Mak Nab menunjukkan minatnya terhadap wanita tersebut. Inilah kali pertamanya dia akan bertentang mata dengan orang yang disebutnya tadi.

Hubungan Zulkifli dengan teman wanitanya kini semakin dingin. Mereka jarang bertemu dan sekali-sekala pergi keluar makan tengah hari bersama. Ramai orang di pejabat mereka sudah akur dengan hubungan kedua orang ini yang semakin rengang.

Zulkifli teringat kepada perjumpaannya yang terakhir dengan Wahidah tempoh hari lalu. Keadaannya amat gersang sehinggakan airmata turut berlinang bagi kedua mereka.

"Saya dengar awak hendak pergi haji?" tanya Wahidah ketika berjumpa Zulkifli di kantin makan di tempat kerja mereka.

Zulkifli rasa terkejut mendengar pertanyaan itu tadi.

"Bagaimana awak dapat tahu?" tanya Zulkifli kembali kepada Wahidah dengan suara ceria lagi curiga.

"Awak pergi nanti untuk berapa lama?" soalan Wahidah kepada Zulkifli sambil mengelak pertanyaannya. Hatinya berasa berat untuk memberitahu Zulkifli bagaimana dia boleh tahu tentang perkara itu. .

"Lima minggu saja," jawab Zulkifli lembut.

Hati Wahidah berasa sedih kerana berpisah dengan Zulkifli sebegitu lama. Ia kemudian bertukar menjadi marah kepadanya.

"Kenapa tidak beritahu Idah sendiri?" soal Wahidah dengan matanya menusuk tajam ke arah Zulkifli.

Zulkifli terperanjat dengan soalan serta kelakuan Wahidah. Dia tidak sangka wanita ini akan menimbulkan perkara tersebut.

"Saya pergi untuk berbuat ibadah. Bukan makan angin!" beritahu Zulkifli dengan sinis.

"Lagipun, awak tidak beritahu saya yang awak ini anak Encik Zainal," kata Zulkifli mengungkit perkara yang telah lama terpendam di hatinya.

"Jadi, sebab itu kita jarang berjumpa sekarang ini? Baguslah," tempelak Wahidah dengan perasaan marah. Dia kemudian menoleh ke arah jauh dari Zulkifli. Air mata menitis perlahan di kedua matanya.

Zulkifli sedar ucapannya tadi memberi reaksi yang tidak diduga. Dia tahu Wahidah sedang rasa tersinggung di hatinya. Dia memandang wajah Wahidah dan melihat air mata berlinangan. Ini membuat Zulkifli terus diselubungi dengan perasaan sesal. Orang yang dikasihinya kini menangis akibat perbuatannya sendiri.

"Minta maaf. Zul minta maaf kerana timbulkan perkara tadi." Ucapan itu dikeluarkan walaupun Zulkifli sendiri tidak tahu kenapa dia mesti minta maaf. Kalau sebelum ini, dia sentiasa rasa marah dengan Wahidah kerana tidak beritahu dia tentang hubungannya dengan Encik Zainal, kini perasaan itu hilang dan digantikan dengan perasaan sesal dan serik.

Setelah lama berdiam diri, Wahidah pun membetulkan duduknya lalu memandang kepada Zukifli.

"Idah tidak beritahu sebab Idah hendak tahu sejauh mana benar hati Zul terhadap Idah. Idah tidak mahu hubungan palsu wujud di antara kita," kata Wahidah dengan penuh kesungguhan. Dia benar-benar berharap agar Zulkifli dapat mengerti ucapannya itu.

Zulkifli, disebalik itu, terpaku memikirkan kata-kata Wahidah tadi. Baginya, ucapan itu memberi banyak soalan dan menambah kesangsian. Dia ingin meminta keterangan selanjutnya tetapi sedar ini akan mengusutkan lagi keadaan. Lalu dia pun mengangguk kepala seolah-olah bersetuju dengan Wahidah. Dia tidak sanggup melihat Wahidah berlinang air mata lagi.

Keadaan di Terminal Satu semakin ramai orang dan Zulaikha menyuruh abangnya pergi laporkan dirinya dahulu sementara menanti Pak Mat. Dengan berat hati, Zulkifli pun mengikuti arahan adiknya. Dalam perjalanan ke tempat pegawai haji tersebut, Zulkifli lihat Pak Mat sudah tersedia menunggunya di sana. Mereka memberi salam sambil berjabat tangan dengan kegirangan. Kemudian pegawai haji mereka mengarahkan agar mereka pergi ke kaunter khas *check-in* dan terus masuk ke dewan penerbangan. Saat untuk berangkat sudah pun tiba.

"Zul berangkat pergi mak," kata Zulkifli kepada ibunya sambil memeluknya dengan kuat supaya hilang rindunya kelak.

"Kau jaga diri baik-baik di sana," jawab ibunya yang kini mula berlinangan air mata.

"Jaga mak dan diri kau baik-baik semasa abang pergi ini," Zulkifli beritahu kepada adiknya pula.

"Baik bang," balas Zulaikha sambil mencium tangan abangnya dengan mesra.

"Nampaknya, Wahidah tidak sempat jumpa abang?" tanya Zulaikha setelah bersalaman dengan Zulkifli. Perasaan hampanya meninggi melihatkan wajah abangnya.

"Tidak apalah. Mungkin dia sibuk agaknya," kata Zulkifli sambil cuba menutup kehampaannya dengan memeluk adiknya dengan kuat.

Sebentar kemudian timbullah satu wajah yang ayu di sisi keluarga tersebut. Wajah kepunyaan orang yang ditunggu-tunggu kini telah tiba. Keriangan mengisi suasana keluarga tersebut di Terminal Satu.

"Mak, inilah dia, Wahidah," ujar Zulkifli sambil menuding jarinya ke arah wanita yang berdiri di sisinya. Wahidah datang memakai baju kurung Melayu dan sehelai selendang hitam di kepala. Dia kelihatan sungguh anggun dan menawan.

Apabila diperkenalkan oleh Zulkifli tadi, Wahidah menghulurkan tangannya kepada Mak Nab yang menyambutnya dengan senyuman gembira. Mereka bersalam-salaman begitu erat sekali. Kemudian, Wahidah juga bersalam tangan dengan Zulaikha yang hampir sebaya umur dengannya. Mereka kelihatan gembira sekali dapat bertemu dan bermesra.

Tidak lama setelah mereka bergaul mesra, Zulkifli pun di panggil masuk ke dewan penerbangan oleh Pak Mat. Dengan penuh hiba, ibu dan adik serta temannya melepaskan dia pergi. Walaupun dia juga merasa berat, namun hati Zulkifli gembira dan bersyukur kerana diketemukan dengan orang-orang yang amat dikasihi sebelum dia berangkat ke kota Mekah.

"Alhamdullillah," bisik hati Zulkifli sambil bergerak meninggalkan keluarga dan temannya di dewan itu. Dia bertolak ke Mekah dengan hati yang tenang lagi terbuka.

Penerbangan ke kota Jeddah mengambil masa lebih kurang enam jam. Dari sini, mereka akan menaiki bas menuju ke Mekah dan perjalanannya pula mengambil masa selama dua jam lagi. Sepanjang perjalanan itu, Zulkifli sentiasa sahaja berzikir memuji-muji Tuhannya.

Di kota Mekah, musim haji baru sahaja hendak bermula. Keadaannya amat riuh dengan ramai orang bergerak ke sana-sini. Terdapat berbagai kaum manusia berada di sini. Ada yang berbangsa Melayu sepertinya, bangsa India, Parsi, Cina, Afrika, Eropah dan juga Arab. Sesetengah mereka memakai ihram seperti Zulkifli manakala yang lain memakai jubah atau baju biasa mereka. Bagi kaum wanita pula, ramai yang memakai hijab atau tudung kepala. Ada juga yang memakai tudung yang menyelebungi wajah muka mereka sekali. Beginilah keadaan di kota Mekah apabila Zulkifli sampai.

Perhatian Zulkifli juga tertumpu kepada Masjidil Haram yang mempunyai tembok dinding setinggi empat tingkat. Dindingnya pula berbatu marmar hitam manakala lantai disekeliling dinding itu diperbuat dari batu marmar putih. Terdapat banyak pintu masuk ke masjid tersebut tetapi yang menarik perhatian orang ramai adalah dua pintu gerbang yang besar lagi tinggi disitu. Pintu gerbang ini diberikan nama sempena dengan dua raja Saudi iaitu Raja Faisal dan Raja Fahd. Kedua-duanya di jaga rapi oleh pegawai-pegawai polis kerajaan Saudi untuk memastikan setiap pergerakkan masuk diperiksa dengan teliti.

Rombongan Zulkifli menetap di Hotel Green Palace yang berdekatan dengan Masjidil Haram. Hotel ini agak usang dan mempunyai dua belas tingkat. Setiap biliknya boleh memuatkan sebanyak empat katil dan ia juga ada terdapat sebuah bilik air mandi didalamnya. Zulkifli duduk sebilik dengan Pak Mat bersama dengan dua jemaah lain di sebuah bilik di tingkat enam hotel tersebut.

Setelah memunggah bagasi dibiliknya, hati Zulkifli tiba-tiba terasa rindu kepada ibunya yang ditinggalkan di Singapura. Perasaan rindu ini ditambah pula dengan hiba apabila mengenangkan jasa ibunya membesarkan dia dan adiknya dengan sendiri selama lebih sepuluh tahun.

Berbekalkan dengan kesedaran ini, Zulkifli pergi menuju ke Kaabah bersama rombongannya pada pukul dua belas tengahari untuk melakukan ibadah umrah. Sejurus sahaja dia menghadap

Kaabah yang tersergam indah lagi menakjubkan itu, Zulkifli pun merenunginya dengan penuh tawadduk. Perasaan terharu menyelubungi seluruh jiwanya.

"Ya Allah, aku datang ke rumah Mu dengan rendah diri dan penuh tawadduk akan kebesaran Mu," berdoa Zulkifli dengan penuh kesungguhan. Kedua belah tapak tangannya dihadapkan dekat kemukanya. Segala masalah hidup yang meliputi fikirannya dilupakan oleh Zulkifli pada saat itu.

"Kau kurniakan rahmat dan berkat Mu ke atas junjungan kami, Nabi Muhammad SAW," tambah Zulkifli dalam doanya. Perasaannya menjadi sedih mengingatkan pengorbanan serta kepayahan hidup yang telah dialami oleh Nabi Muhammad SAW dalam menyampaikan syiar Islam dahulu.

"Dan Kau jadikanlah aku bersama ahli keluargaku terutama sekali ibuku di antara hamba-hamba yang diredhai oleh Mu," mohon Zulkifli dalam doanya.

"Kami berserah kepada Mu, Tuhan Semesta Alam. Amin." Zulkifli mengakhiri doanya dengan penuh yakin dan kesyukuran.

Bersama dengan ahli-ahli rombongannya, Zulkifli pun memulakan ibadah umrah mereka dengan membuat tawaf mengelilingi Kaabah sebanyak tujuh kali diikuti pula dengan Sai' di Bukit Safar dan Marwah sebanyak tujuh kali dan berakhir dengan bertahayul di Bukit Marwah. Kesemua ini dilakukan oleh Zulkifli dengan perasaan penuh tawadduk serta rendah diri dengan harapan dapat diterima dan dibalas oleh Penciptanya.

Selepas habis melakukan sembahyang Isyak di Masjidil Haram, Zulkifli bersama Pak Mat pulang ke bilik hotel mereka di Green Palace Hotel yang berdekatan. Walaupun mereka berasa penat yang tidak terhingga, namun hati mereka berasa puas dengan apa yang telah dilakukan oleh mereka siang hari tadi. Wajah kedua orang ini berseri-seri umpama bulan penuh bersinar gemilang pada waktu malam.

"Alhamdullillah, kita selesai menunaikan ibadah umrah dengan selamat," Pak Mat berkongsi semasa mereka berjalan pulang. Dia rasa amat bersyukur dengan kesudahan hari itu.

"Tidak sangka kita berada di kota Mekah ini," sambut Zulkifli mengingatkan tentang keadaan diri mereka sekarang ini.

"Tempat di mana Nabi Muhammad SAW mula menyebarkan agama Allah," tambah Zulkifli dengan perasaan gembira.

"Tempat di mana berbagai halangan, tuduhan liar dan penindasan mental serta fizikal dilakukan keatas junjungan kita dan pengikut-pengikutnya," kata Pak Mat mengingatkan teman mudanya itu tentang keadaan yang dihadapi oleh Nabi Muhammad SAW sebenarnya.

"Ya Rasullullah, aku benar-benar menghormati dan menjunjungi mu," bisik Zulkifli perlahan kepada dirinya sendiri setelah mendengar ucapan Pak Mat tadi.

"Aku seolah-olah dapat berasakan segala kepahitan dan kesedihan yang kau hadapi setelah kini aku berada di kota ini," bisik hati Zulkifli lagi.

"Cabaran kau yang hadapi itu amat berat tetapi tidak seberat cinta kau kepada umat manusia. Terima kasih, ya Rasullullah," berkata Zulkifli dengan penuh kesyukuran.

Di dalam bilik mereka, Zulkilfli berbaring di atas katil sementara menunggu Pak Mat mandi di bilik air. Sambil dia berbaring-baring, Zulkifli teringatkan ibunya. Inilah pertama kalinya dia berjauhan dengan ibunya lebih dari seminggu. Dia kemudian teringatkan adiknya serta temannya, Wahidah. Hatinya menjadi berat apabila mengenangkan mereka.

"Ya Allah, kau lindungilah mereka dari sebarang mudarat," doa Zulkilfli dengan bersungguh-sungguh.

Selepas itu, dia pun terlena tidur di atas katil sementara menunggu Pak Mat habis mandi di biliki air.

Tidak berapa lama selepas itu, satu bayangan timbul di hadapan Zulkifli. Pada mulanya ia merupakan satu gambaran yang kabur kemudian perlahan-perlahan menjadi terang dan nyata. Zulkifli terlihat seorang lelaki sedang duduk bersendirian di suatu sudut berdekatan dengan Kaabah. Dia memakai jubah Arab berwarna putih dengan sarban di kepalanya. Lelaki tadi kelihatan penat dengan bahu tubuhnya menghadap ke tanah. Sungguhpun wajahnya tidak jelas kelihatan, Zulkifli berasakan ketenangan wujud di dalam diri lelaki tersebut.

Zulkifli merenung rapi kearah lelaki tadi. Dia tertarik kepadanya dan ingin menatap penuh wajahnya seolah-olah dia kenal siapa orangnya.

"Siapakah lelaki ini?" bisik dirinya sendiri.

56

"Mungkinkah aku kenal orangnya sebab itu dia datang kepada aku sekarang ini?" tambah dirinya lagi.

Sedang Zulkifli memikirkan jawapan kepada soalannya itu, tidak semana-mana wajah lelaki tadi datang dekat kepadanya lalu terus merenung tajam kepadanya. Hati Zulkifli melonjat ketakutan lalu dia pun tersedar dari tidurnya.

"Astaghfirullah," Zulkifli ucap perlahan-lahan.

Zulkifli berasa sejuk tetapi badannya berpeluh. Dia sedar bahwa dia masih berada di atas katil dibiliknya.

"Apa kena dengan aku ini?" tanyanya sendirian.

Bab Kelima

Musim haji kini sudah hampir tamat. Zulkifli bersama dengan ribuan jemaah lain sedang menetap di Mina selama tiga hari terakhir musim haji. Zulkifli tinggal di satu khemah penginapan bersama dengan Pak Mat dan dua puluh jemaah haji dari Singapura. Semasa di khemah ini, dia asyik berwirid selain melakukan solat dengan lain-lain jemaah. Seperti lazimnya, Zulkifli menunaikan solat beramai-ramai dan membaca doa selepas sembahyang. Mereka membaca dengan penuh khusyuk sambil memohon keredhaan Allah, Pencipta Semesta Alam agar ibadah mereka diterima olehNya.

Kemudian satu arahan diberikan oleh ketua jemaah untuk mereka semua keluar menuju ke Arafah pada hari tersebut. Para jemaah bergerak keluar dari khemah dengan perasaan rendah hati. Ramai yang membetulkan ihram mereka sambil berjalan keluar. kemudian mereka bertemu dengan para jemaah wanita yang juga bergerak meninggalkan perkhemahan mereka.

"Ramainya orang yang bergerak sama dengan kita," kata Zulkifli kepada Pak Mat ketika di dalam bas yang akan membawa mereka ke tempat yang hendak dituju.

"Mereka sama seperti kita juga. Mereka hendak elakkan daripada terperangkap dengan asakan orang ramai pada esok pagi nanti," jelas Pak Mat tentang pergerakan orang ramai yang sedang berlaku di hadapan mata mereka.

"Saya kagum dengan kelakuan mereka," Zulkifli berkongsi perasaannya apabila melihatkan para jemaah tersebut.

"Walaupun keadaan di Padang Mina ini sentiasa kering lagi panas, mereka menerimanya dengan hati terbuka. Tidak nampak seorang pun yang membangkang atau menunjuk perasaan dengan membantah keadaan di sini," jelas Zulkifli untuk menghuraikan ucapannya tadi.

"Umat Islam telah dididik supaya banyak bersabar. Kerana sabar itu sebahagian dari iman. Orang yang beriman itu sangat rapat hubungannya dengan Allah," Pak Mat mengongsi pendapatnya tentang sifat utama yang harus dimiliki oleh seorang umat Islam.

"Nabi Muhammad SAW sendiri banyak bersabar dari mula dia menyebarkan ajaran Islam sehingga ke akhir hayatnya," tambah Pak Mat lagi.

Zulkifli hanya berdiam diri apabila kata-kata Pak Mat dilafazkan tadi. Fikirannya teringat kepada pengajaran yang diambil semasa belajar agama di masjid dahulu. Gurunya, Ustazah Halimah akan sentiasa mengingatkan anak muridnya supaya banyak bersabar dalam menempuh dugaan seharian. Zulkifli juga teringat kata-kata nasihat yang sama diberikan oleh ibunya dengan harapan dia banyak bersabar ketika menjalankan tugas hariannya.

"Sabar itu penting dalam jiwa seorang Muslim. Kita perlu mencari dan menanam dia di dalam jiwa kita," jelas ibunya kepada Zulkifli tentang perkara tersebut.

"Mak faham kalau kau marah jika sesuatu kerja tidak berjalan dengan lancar atau mengikut arahan kau. Kau mesti cari sebab terjadinya sedemikian. Jika tidak, perkara tersebut akan berulang lagi. Dari itu, dengan banyak bersabar, kau dapat melakukan ini semua dengan rapi lagi teliti," tambah Mak Nab lagi.

"Mak dan ustazah saya juga sering mengingatkan supaya kita harus banyak bersabar dalam mengendalikan urusan hidup sehari-harian," kata Zulkifli kepada Pak Mat.

Pak Mat mengangguk kepala perlahan-lahan sambil membetulkan duduknya di dalam bas tersebut.

"Ketika Nabi Muhammad SAW mula menyampaikan ajaran Islam kepada penduduk Mekah, dia banyak menghadapi tentangan dari mereka. Mereka menuduh dia seorang pembohong, seorang gila dan seorang perosak maruah walaupun mereka kenal dia sejak dari kecil lagi. Mereka sendiri memberikan dia gelaran "Al-Amin" yakni seorang yang boleh dipercayai," kata Pak Mat dengan nada suara yang pilu.

"Kau ingat tentang peristiwa Nabi Muhammad SAW dilempar batu oleh anak-anak muda Arab ketika berada di Bandar Taif. Orang-orang kaya di sana telah menyuruh anak-anak muda mereka berbuat demikian walaupun Nabi Muhammad SAW tidak pernah menyakiti mereka. Perbuatan mereka itu sungguh kejam sehinggakan Malaikat Jibril menawarkan diri untuk menghapuskan penduduk Taif," kata Pak Mat sambil menggelengkan kepalanya seperti kebinggungan.

"Sebaliknya, Nabi Muhammad SAW berdoa untuk kebaikan bagi penduduk Taif. Demi cintanya kepada umat manusia,

Nabi Muhammad SAW meneruskan perjuangannya walau bagaimana pun dugaannya." Pak Mat merumuskan natijah ucapannya.

Zulkilfli mengangguk kepala mengenangkan tingginya hemah dan kewibawaan Nabi Junjungannya itu.

"Saya dapat bayangkan betapa sedihnya hati Nabi Muhammad SAW apabila kedua-dua isteri dan pak ciknya, Abu Talib meninggal dunia sedangkan merekalah orang yang sering memberi sokongan moral dan perlindungan kepadanya. Pemergian mereka merupakan satu kehilangan yang amat besar dalam hidup Nabi Muhammad SAW," Zulkifli berkongsi lagi dengan Pak Mat.

"Isterinya, Siti Khadijah ialah orang yang paling disayangi oleh baginda. Sejak dari mula dia mendapat wahyu, Nabi Muhammad SAW sentiasa mendapat sokongan dari isterinya itu. Isterinya tidak pernah mencurigainya atau wahyu yang diterima olehnya," sambut Pak Mat menguatkan keterangan Zulkifli tadi.

"Jadi cuba kau bayangkan akan kehilangan Nabi Muhammad SAW apabila isterinya meninggal dunia sedangkan perjuangannya masih belum selesai. Kalau orang biasa seperti kita agaknya sudah dilupakan sahaja perjuangan itu," tambah Pak Mat menonjolkan sifatnya yang sentiasa praktis.

Zulkifli hanya berdiam diri mendengarkan ucapan Pak Mat tadi. Namun perasaan hormat dan sayangnya kepada Nabi Muhammad SAW meninggi gunung. Dia sendiri berasa hairan dengan perasaan cintanya terhadap Nabi Muhammad SAW yang membuak keluar ini.

Setelah lama duduk di dalam bas, akhirnya rombongan mereka pun sampai di Al Jamarat untuk ibadah melemparkan batu. Pada pagi itu, terdapat lautan manusia yang sudah sampai di sana dan mereka semua sibuk bergerak menuju ke tempat melempar batu tersebut. Entah bagaimana, hati Zulkifli berasa berat untuk bergerak bersama mereka. Sebaliknya, dia mengajak Pak Mat berundur dahulu sementara menantikan keadaan yang lebih baik untuk bergerak semula.

"Saya rasa kurang selamat, Pak Mat," kata Zulkifli kepada temannya apabila mereka berada di suatu sudut terpencil.

"Eloklah. Tidak payah berebut-rebut. Kita ini hendak buat ibadah." Pak Mat mengingatkan Zulkifli tujuan sebenar mereka ke sana.

Ketika mereka berdiri di sudut tersebut, pandangan Zulkifli tertumpu kepada segolongan jemaah bangsa Melayu yang mana dia tidak tahu berasal dari Indonesia atau Malaysia ataupun Singapura. Tetapi yang menarik perhatiannya ialah kesungguhan mereka bergerak menuju ke tempat melontar batu. Mereka seolah-olah tidak ambil peduli akan keadaan yang sempit lagi penuh sesak di situ. Di samping itu, terdapat lain-lain rombongan dari bangsa Arab, Pakistan, Iran dan Cina di mana orang-orangnya lebih besar lagi tegap tubuh badannya. Mereka semua seakan-akan berentap dan bertembung sesama sendiri.

"Saya rasa sesuatu buruk akan terjadi nanti," kata Zulkifli pada Pak Mat sambil mengacu bibirnya ke arah rombongan bangsa Melayu tadi.

Sebentar kemudian bunyi suara orang yang amat menakutkan pun kedengaran. Seperti yang telah diduga oleh Zulkifli, maka terjadi satu pergelutan antara rombongan Melayu itu dengan rombongan bangsa Arab. Masing-masing menjangkakan mereka yang lebih berhak dan benar. Mujurlah pihak polis Saudi bergerak dengan pantas untuk meleraikan kedua rombongan tersebut. Malangnya, terdapat beberapa jemaah haji yang perlukan khidmat ambulans kerana tidak berdaya untuk bergerak sendiri.

"Seperti yang sudah dijangkan tadi!" hati Zulkifli bisik sendiri. Wajahnya kelihatan sedih mengenangkan tindakan semua pihak tadi yang hanya memikirkan diri mereka sendiri.

"Dalam beribadah pun manusia terlupa tujuan sebenar mereka," kata Zulkifli dengan suara perlahan. Pak Mat turut bersetuju sambil mengangguk kepalanya.

Zulkifli dan Pak Mat meneruskan ibadah mereka di Al Jamarat dan seterusnya pada hari-hari kemudian sehinggalah berakhir dengan ibadah korban pada tanggal 10 Zulhijjah 1411. Hati mereka penuh kesyukuran kerana sudah tercapai tujuan mereka untuk menunaikan ibadah haji. Mereka berharap dan berdoa agar ibadah mereka ini diterima dan diberkati oleh Allah Subhanahuwataala.

Beberapa hari kemudian, ketika mereka sedang duduk bersimbang di bilik mereka di Hotel Green Palace, fikiran Zulkifli teringat kembali kepada peristiwa pergelutan di Al Jamarat dahulu. Dia masih belum dapat melupakan kejadian tersebut walaupun dia cuba sedaya upaya melakukannya.

"Pak Mat masih ingat kejadian di tempat melontar batu dahulu?" tanya Zulkifli kepada temannya yang sedang menghisap paipnya yang baru dibeli di kedai berdekatan.

"Masih. Kenapa?" jawab Pak Mat pendek. Perhatiannya tertumpu kepada paip yang baru itu.

"Saya hairan dengan kelakukan mereka pada waktu itu. Mengapa mereka lupa akan tujuan sebenar mereka ke sana?" Zulkifli berkongsi tentang perkara tersebut.

"Kenapa mereka tidak boleh mengamalkan sikap mengalah sesama sendiri atau banyak bersabar seperti yang diajarkan oleh agama kita?" tanya Zulkifli lagi. Perasaannya kini menjadi sedih bercampur hairan.

"Sikap manusia ini mudah terlupa. Sebab itu Allah memerintahkan kita supaya mendirikan sembahyang lima kali sehari. Kita disuruh ingat siapa diri kita sebenarnya dan tujuan kita di dunia ini," beritahu Pak Mat mengingatkan teman mudanya itu.

"Ibadah haji pula ialah satu daripada rukun Islam. Kalau kita berjaya melakukannya dengan sempurna maka bertambah kuatlah iman kita kepada Allah. Kalau tidak, haruslah kita lakukan semula ataupun membayar dam untuk membetulkannya." Pak Mat mengakhiri ucapannya sambil menghembus asap keluar dari mulutnya.

Zulkifli teringat kembali akan kelebihan perwatakan Nabi Muhammad SAW yang selalu bersabar dalam menempuh dugaan hidup serta sikapnya yang penyayang kepada umat manusia. Kedua-dua sifat yang membezakan antara orang yang beriman dengan yang tidak beriman.

"Walaupun orang Islam dididik supaya sentiasa bersabar dan bersikap mengalah namun ia tidak pasti akan wujud di dalam jiwa mereka. Kedua-dua sifat ini akan hanya berjaya disemai dalam jiwa jika kita sentiasa ingat tujuan kita sebenar di bumi ini dan tidak lupa melakukan rukun-rukun Islam yang lain seperti sembahyang lima kali sehari," jelas Zulkifli kepada dirinya sendiri.

"Insyaallah. Aku akan cuba melakukan ini." Zulkifli berazam dengan sekuat hatinya. Dia tidak berani melafazkannya takut Pak Mat nanti menjadi curiga.

Perbualan mereka terhenti seketika apabila Ustaz Din, seorang lelaki tua yang berlaku sebagai ketua jemaah masuk ke bilik Zulkifli.

"Besok kita akan berangkat ke Madinah. Jangan lupa kumpulkan beg-beg di lobi hotel malam nanti," kata Ustaz Din dengan nada suara yang lembut.

"Baik, Ustaz," jawab Zulkifli ringkas. Manakala Pak Mat masih lagi asyik menghisap paip barunya itu.

"Apa yang dibincangkan tadi?" tanya Ustaz Din setelah melihat kedua orang itu duduk lama sendirian. Dia masih berdiri dekat pintu masuk bilik itu.

"Kami berbual pasal kejadian di Al Jamarat dahulu," jawab Zulkifli secara spontan.

"Ustaz, ada banyak kejadian seperti itu ketika musim haji?" tanya Zulkifli apabila teringatkan kejadian ngeri itu lagi.

"Kalau sudah berjuta orang datang ke sini, sudah tentu ada bermacam-macam ceritanya. Ada yang kena tolak ketika buat tawaf, ada yang sakit tidak boleh bernafas semasa tawaf dan Sai, ada yang kehilangan jalan semasa keluar masjid, dan banyak lagi," berkongsi Ustaz Din akan pengalamannya pada musim haji.

"Kau ingat peristiwa Majidil Haram dibom oleh pengganas dahulu. Ustaz ada di dalam masjid ketika itu. Rombongan kami terpaksa melarikan diri dengan cepat supaya tidak terperangkap antara mereka dengan pihak berkuasa Saudi." Ustaz Din mengakhiri ucapannya dengan air muka yang keruh.

Peristiwa berdarah ini berlaku pada 9 Julai 1989 apabila dua bom diletupkan oleh orang Shia dari Kuwait dan ia mengakibatkan seorang jemaah haji telah meninggal dunia dan belasan lain pula cedera parah.

"Tergamak mereka bawa politik mereka ke rumah Allah ini. Astaghfirullah," tambah Ustaz Din lagi.

"Mereka ini terlalu taksub dengan perjuangan mereka," kata Zulkifli seperti seorang mahir dalam bidang pengganasan.

"Dalam Islam, kita tidak dibenar menggunakan kekerasan kecuali untuk mempertahankan diri dan agama kita," ujar Ustaz Din mengingatkan Zulkifli tentang perkara tersebut.

"Kalau sudah dibenarkan masuk ke Masjidil Haram, mana ada penindasan terhadap mereka." Ustaz Din mengakhiri ucapannya.

Zulkifli dan Pak Mat yang baru sahaja habis menghisap paipnya, kemudian mengangguk kepala mereka bersetuju dengan kenyataan Ustaz Din tadi. Setelah itu, Ustaz Din pun mengundurkan diri dan pergi ke bilik lain-lain jemaah untuk beritahu mereka tentang persiapan mereka meninggalkan kota Mekah esok hari.

Fikiran Zulkifli melayang kerana memikirkan tentang peristiwa-perisitwa yang disebut tadi.

"Kenapa mereka semua menggunakan kekerasan di rumah Allah ini? Padahal Islam ialah agama yang berlandaskan keamanan dan kesejahteraan," bisik hati Zulkifli dengan kebinggungan.

"Adakah mereka sudah hilang pedoman? Kalau ya, kenapa jadi begini?" tanya Zulkifli lagi.

"Di manakah para ulama atau pemimpin masyarakat kita sekarang ini? Tidakkah mereka hendak membetulkan keadaan kita? Adakah mereka ingin membiarkan umat Islam menggunakan kekerasan sebagai alat bagi menyelesaikan masalah mereka. Tidakkah mereka tahu padahnya?" Bertubi-tubi soalan yang timbul di dalam fikiran Zulkifli ketika itu. Soalan-soalan yang akan membebani jiwanya sehingga dia mendapat jawapannya.

Sementara itu, berita tentang kejadian di Al Jamarat tersiar di surat khabar tempatan di Singapura. Setelah membacanya, hati Wahidah menjadi cemas dan risau dengan berita itu. Inilah kali pertama dia berasa sedemikian dan ini membuat dia rasa tidak menentu.

"Bagaimana keadaan Zul sekarang ini?" tanya Wahidah di dalam hatinya. Fikirannya teringatkan beberapa peristiwa berdarah yang pernah terjadi di kota Mekah kebelakangan ini seperti pencerobohan di Masjidl Haram pada Nov 1979 oleh sejumlah lima ratus jemaah haji dari Iran di mana dua ratus orang terkorban apabila pihak berkuasa Saudi berjaya menawan semula masjid itu dengan kekerasan, dan rusuhan oleh jemaah haji dari Iran pada Julai 1987 di mana seramai enam ratus orang terkorban apabila pihak berkuasa Saudi bertindak untuk menghapuskan rusuhan tersebut.

"Moga-moga dia dalam keadaan sihat sejahtera," doa Wahidah dengan kedua tapak tangannya diangkat kemukanya.

"Aku harus telefon Mak Nab dan tanyakan keadaan dia dan Ekah," kata Wahidah setelah teringatkan pesanan Zulkifli untuk tolong tengokkan ibu dan adiknya sementara pemergiannya ke Mekah. Sebelum ini, dia pernah menelefon Mak Nab dua kali untuk bertanyakan kabar.

Tanpa berlengah lagi, Wahidah mengangkat ganggang telefon di meja kerjanya lalu menelefon Mak Nab di rumahnya. Dia juga cuba menenangkan dirinya supaya Mak Nab tidak dapat berasakan kecemasan di hatinya. Dia tidak mahu orang tua itu terganggu fikirannya kerana dia tahu Mak Nab sememangnya sayangkan anak sulungnya.

Setelah berdering beberapa kali, akhirnya telefon itu diangkat dan kedengaran suara seorang tua yang menjawab panggilan.

"Assalamualaikum. Mak Nab, disini Idah." Wahidah dengan tenang memulakan perbualannya.

"Wa'alaikumsalam. Apa kabar kau, nak?' suara Mak Nab terdengar perlahan di ganggang telefon.

"Kenapa kau telefon, ada hal ke?" Mak Nab tanya lagi.

"Tidak ada apa-apa. Macam biasa juga. Mak Nab apa kabar?" jawab Wahidah dengan penuh mesra.

"Mak Nab baik sahaja. Ekah pun sama juga? Terima kasih kerana ambil berat pasal kami, Idah." Suara Mak Nab berakhir dengan nada terharu. Dia berasa bersyukur kerana Wahidah menunjukkan minat yang jujur terhadap dia dan anaknya, Zulaikha.

"Oh ya, Idah. Semalam Mak Nab ada terima panggilan telefon dari Zul," beritahu Mak Nab dengan kegembiraan. Dia tahu Wahidah pun turut sama bergembira dengan berita tadi.

"Ya!" balas Wahidah dengan nada suara tidak menentu. Kalau sebelum ini dia berasa cemas dan risau, kini perasaan itu berubah menjadi sangat gembira.

"Dia kirim salam kepada kau sekali. Ekah ada juga cuba telefon kau tapi tidak berjaya semalam," Mak Nab beritahu dengan harapan Wahidah tidak mempunyai perasaan wasangka bahawa Zulkifli tidak indahkan dia sejak pergi ke Mekah.

Mendengarkan ucapan Mak Nab tadi, hati Wahidah melonjak kegembiraan.

"Alhamdullillah," jawab Wahidah perlahan.

"Syukur, Zul berada dalam keadaan selamat," bisik Wahidah kepada dirinya sendiri dengan penuh kesyukuran.

"Tidak sangka Zul ingat kepada aku juga. Ke mana aku pergi semalam, ya?" tanya Wahidah sendirian. Dahi di kepalanya berkerut sedikit memikirkan jawapan kepada soalan itu.

"Oh, aku melawat Kak Fauziah yang baru melahirkan anak keduanya," jawab Wahidah kepada soalannya sendiri.

"Idah, jangan saja telefon Mak Nab. Bila ada masa lapang, Idah datang melawat di rumah," kata Mak Nab setelah agak lama mereka berdiam.

Perasaan Wahidah menjadi tidak menentu lagi seperti sebelumnya. Dia tidak menjangka Mak Nab akan mengajaknya datang ke rumah. Semenjak berkenalan dengan Zulkifli lebih enam tahun lalu dia tidak pernah berkunjung ke rumah itu.

"Hujung minggu ini kau datang kerumah, ya?" soal Mak Nab sambil menjemput Wahidah kerumahnya.

"Kenapa dia mempelawa aku datang ke rumahnya?" berfikir Wahidah dengan perasaan curiga. Dia rasa tidak selesa untuk pergi ke rumah tersebut lebih-lebih lagi kerana Zulkifli tiada bersamanya.

Belum sempat Wahidah memberikan jawapannya, kedengaran suara Mak Nab membuat keputusan untuknya.

"Eloklah. Nanti datang pada hari Sabtu ini, ya nak!" beritahu Mak Nab.

Mendengarkan ajakan dari Mak Nab yang bersungguh-sungguh itu, hati Wahidah menjadi lembut.

"Baiklah, Mak Nab. Nanti esok saya datang ke rumah," sambut Wahidah dengan penuh kemesraan.

"Assalamualaikum," berkata Wahidah sambil letakkan taliponnya.

"Wa'alaikum salam," jawab Mak Nab membalas ucap salam dari Wahidah.   Hatinya merasa senang dengan kesudahan perbualan mereka tadi.

Bab Keenam

Pagi itu, rombongan Zulkifli sedang duduk menanti di lobi hotel mereka. Mereka akan meninggalkan kota Mekah untuk berangkat ke Madinah dengan menaiki bas. Sementara menunggu di situ, Zulkifli sempat bertegur sapa dengan seorang pegawai hotel yang boleh bertutur dalam bahasa Inggeris. Mereka berbual mengenai cuaca di kota Madinah yang dijangkakan dalam keadaan sejuk dingin, tidak seperti di Mekah ketika itu. Perbualan mereka berjalan mesra dengan kedua-duanya mengucapkan selamat jalan sebelum berpisah.

Perhatian Zulkifli kemudian tertumpu pada Pak Mat yang baru turun dari billknya ke lobi tersebut. Pak Mat kelihatan sihat seperti biasa walaupun nampak lebih kurus akibat kehilangan beberapa kilo berat badannya. Zulkifli pergi menyambut temannya itu di tempat duduknya.

"Alhamdullillah, kita telah sempurna mengerjakan ibadah haji dengan selamat," kata Zulkifli pada Pak Mat apabila duduk di sebelahnya di lobi hotel.

"Tidak puas rasanya hendak meninggalkan Kaabah," tambah Zulkifli dengan penuh perasaan. Selama lebih dua minggu di Mekah, Zulkifli telah melakukan ibadah tawaf hampir setiap hari.

Selepas habis melakukannya, dia akan duduk menghadap Kaabah seperti yang digalakkan oleh guru agamanya dahulu.

"Itulah kelebihan rumah Allah ini. Sedang kita asyik melakukan perkara-perkara wajib, tanpa disedari perasaan cinta kepada Allah dan rumahNya bertambah kuat," Pak Mat berkongsi perasaannya yang sama dengan Zulkifli.

"Cuba kau fikirkan apabila Nabi Muhammad SAW diperintahkan oleh Allah supaya meninggalkan kota ini dahulu," tambah Pak Mat.

"Sudah pasti dia berasa sedih seperti kita sekarang ni," sahut Zulkifli kepada ucapan Pak Mat tadi.

"Kau jangan lupa, kota Mekah ini juga tempat dia dibesarkan. Aku rasa dia bukan sahaja berasa sedih malah lebih dari itu," jelas Pak Mat dengan penuh yakin.

"Dia meninggalkan saudara-mara serta teman-temannya sekali," tambah Pak Mat lagi.

"Sungguhpun dia dicemuh dan dihina oleh ramai penduduk Mekah, Nabi Muhammad SAW tidak pernah berasa benci terhadap mereka. Cintanya kepada mereka dan umat manusia amnya, amat mendalam," jelas Pak Mat.

"Ada kau pernah dengar tentang penduduk Mekah mengatakan Nabi Muhammad SAW telah memaki, mengherdik, atau lebih-lebih lagi mengutuk mereka. Ada dengar pasal itu?" tanya Pak Mat untuk menegaskan kenyataannya tadi.

Zulkifli mengangguk kepala mendengar ucapan Pak Mat itu. Dia akur bahawa Nabi Muhammad SAW tidak pernah menghina atau memaki sesiapa pun dalam hidupnya. Sebaliknya, Nabi Muhammad SAW akan menunjukkan kasih sayang kepada sesiapa sahaja yang dijumpainya. Begitulah eloknya perwatakan Nabi Muhammad SAW.

"Pada pendapat Pak Mat, kenapa Nabi Muhammad SAW diperintahkan untuk berhijrah ke Madinah?" tanya Zulkifli kepada Pak Mat dengan merenung ke arah mukanya.

"Adakah kerana penindasan orang Quraish itu terlalu kejam?" tanya Zulkifli lagi. Dia teringatkan cerita tentang rancangan orang-orang Quraish hendak membunuh Nabi Muhammad SAW beramai-ramai.

Pak Mat berdiam agak lama sebelum mula menjawab soalan Zulkifli.

"Bagi setengah pendapat, penghijrahan yang dilakukan oleh Nabi Muhammad SAW bukan saja dari aspek fizikal yakni berpindah tetapi juga dari aspek peningkatan sosial. Di Madinah, dia menubuhkan satu masyarakat baru berlandaskan prinsip-prinsip Islam," jawab Pak Mat dengan penuh kesungguhan.

"Masyarakat yang baru ini ditubuhkan dengan Nabi Muhammad SAW sendiri sebagai pemimpinnya." Pak Mat mengakhiri ucapan dengan nada suara yang tegas.

Sekali lagi Zulkifli mengangguk kepalanya seperti tadi.

"Kalau di Mekah Nabi Muhammad SAW diperintah oleh Allah menunjukkan perwatakan dan kelakuan seorang Islam yang unggul, kini di Madinah pula dia disuruh menonjolkan ciri-ciri kepemimpinan yang baik lagi berkesan," bisik Zulkifli dihatinya. Hujung matanya berkerut seperti meresapi kata-kata tadi kedalam jiwanya.

Kemudian terdengar suara Ustaz Din mengajak ahli-ahli rombongannya bergerak keluar dari lobi ke pintu masuk hotel dan menaiki bas mereka. Bas mereka baru sahaja sampai di hotel tersebut.

Zulkifli bergerak dengan hati yang pilu. Dia juga teringatkan perasaannya yang sama ketika meninggalkan keluarga di Lapangan Terbang Antarabangsa Changi dahulu. Dia berasa amat berat untuk berpisah dengan mereka. Dia tidak tahu sama ada akan berjumpa lagi atau tidak dengan mereka apabila selesai ibadah hajinya nanti.

"Ya Allah, kau lindungilah ahli keluargaku dari segala bencana. Semoga mereka sentiasa berada dalam keadaan sihat walafiat," berdoa dia dengan perlahan.

"Dan Ya Allah, kau izinkanlah aku datang semula ke rumahMu ini," tambah Zulkifli sambil membaca "Amin" didalam hatinya.

Dalam sepanjang perjalanan ke kota Madinah yang lebih dari dua ratus batu jauhnya, fikiran Zulkifli melayang kepada penghijrahan pertama yang dilakukan oleh umat Islam pada tahun 622 Masehi. Dengan cuaca panas yang menusuk ke tubuh diseliputi dengan paras kelembapan yang amat rendah. Setiap pergerakan anggota tubuh pasti akan menggunakan banyak tenaga dan air yang berada di dalam badan.

"Seseorang itu boleh mati akibat kehausan disebabkan tubuh badan yang lemah lagi kering," berfikir Zulkifli dalam akal fikirannya. Kemudian dia menggelengkan kepalanya lalu berwirid dengan perlahan.

Sampai di Madinah, Zulkifli dibawa pergi melawat makam Nabi Muhammad SAW yang terletak di dalam Masjid Nabawi. Masjid ini berlainan bentuknya dari Masjidil Haram di Mekah. Ia tidak bertingkat manakala dewan sembahyangnya pula boleh menampungi beberapa saf yang panjang dan berderet-deret, tidak seperti di Masjidil Haram di mana saf atau barisannya berbentuk satu bulatan. Bumbung masjid ini sungguh tinggi dan mempunyai reka bentuk yang berbeza-beza justeru menandakan mereka telah dibina dalam masa yang berlainan. Makam Nabi Muhammad SAW terletak di bahagian lama masjid ini yang berdekatan dengan mimbar.

"Assalammualaika Ya Rasullullah," bisik Zulkifli perlahan ketika dia bertentangan dengan makam Nabi. Tangan kanannya pula diangkat ke paras bahu dan menghala ke arah makam tersebut.

Kemudian Zulkifli melakukan sembahyang sunat di sini dan diikuti dengan sembahyang Asar berjemaah dengan ahli rombongannya. Selesai sahaja bersembahyang, Zulkifli pun berdoa meminta keredhaan dari Tuhan agar setiap ibadah yang telah dilakukan dapat diterima olehNya. Mereka kemudian pulang ke hotel penginapan mereka yakni, Hotel White Palace. Seperti di Mekah, Zulkifli duduk sebilik dengan Pak Mat. Kali ini Ustaz Din, ketua rombongan mereka, turut sama sebilik dengannya.

Sedang mereka berihat dengan berbaring di atas katil masing-masing, Zulkifli memecah kesunyian apabila dia mula berkongsi pendapatnya tentang kota Madinah.

"Rasanya tempat ini lebih tenteram dan aman dari kota Mekah," berkata Zulkifli dengan penuh kesungguhan.

"Semuanya kelihatan teratur dan kemas. Orangnya pun nampak tenang dan sopan." Zulkifli mengakhiri ucapannya sambil mengimbas kembali keadaan kota Mekah yang sentiasa rancak dengan pergerakan manusia di sana sini.

"Kota ini juga amat penting dalam sejarah Islam," ujar Pak Mat kepada Zulkifli mengingatkan teman mudanya tentang latar belakang kota Madinah.

"Di sinilah bermulanya Islam sebagai agama praktikal untuk semua manusia," kata Pak Mat dengan wajah yang serious seperti seorang pensyarah menyampaikan hujahnya.

"Perkembangan umat Islam sehingga hari ini bermula dari kota ini," tambahnya lagi sebagai mengakhiri ucapannya.

"Di kota ini juga Nabi Muhammad SAW menerima perintah dari Allah untuk mempertahankan diri dan pengikutnya. Dia terlibat dalam banyak peperangan dengan kaum yang menentang Islam, kau tahu?" tanya Ustaz Din kepada teman-teman sebiliknya.

"Dalam salah satu peperangan itu, Nabi Muhammad SAW telah luka parah di bahagian tangan kanannya. Lalu dia memegang pedangnya dengan tangan kiri pula. Sejurus kemudian tangan kirinya pula luka. Para pengikutnya datang kepadanya dan melindungi dia dari sebarang serangan musuh. Mereka tahu bahawa musuh-musuh Islam mahu membunuh Nabi Muhammad SAW dengan bermati-matian. Begitulah keadaan Nabi Muhammad SAW dan keberanian serta pengorbanan yang dilakukannya demi menegakkan agama Islam," berkongsi Ustaz Din lagi.

"Banyak sungguh pengorbanan Nabi Muhammad SAW kepada umatnya. Bahkan dia turut sama menggadaikan nyawa dengan ke medan peperangan menentang musuh Islam," bisik Zulkifli pada dirinya sendiri. Dia seperti dapat berasakan kesengsaraan Nabi Muhammad SAW apabila mendapat luka dalam peperangan itu.

"Bukan sahaja Nabi Muhammad SAW pergi berperang semasa berada di kota ini bahkan dia juga mendirikan masjid yang pertama bagi umat Islam, dan memeteraikan satu perjanjian dengan lain-lain kaum termasuk orang-orang Yahudi dan bukan Islam di Madinah," Pak Mat menarik perhatian Zulkifli.

"Masjid bukan sahaja bertindak sebagai tempat beribadah, ia juga sebagai pusat pentadbiran di mana Nabi dan para sahabatnya berbincang dan membuat keputusan. Manakala perjanjian dengan lain-lain kaum di Madinah seolah-olah menjadi satu perlembagaan bagi masyarakat baru itu." Pak Mat membuat ulasan tentang peranan Nabi Muhammad SAW dalam pembangunan masyarakat Islam amnya.

"Sepanjang sepuluh tahun dia di kota ini, Nabi Muhammad SAW menunjukkan kepimpinan yang jujur, cekap dan penuh belas ihsan. Dia tidak membuat sesuatu perkara dengan terburu-buru dan sentiasa memberikan pertimbangan yang lebih kepada keselamatan dan kepentingan masyarakat daripada diri sendiri atau ahli keluarganya," sambut Ustaz Din kepada ulasan Pak Mat tadi.

"Benarlah dia seorang pemimpin yang terunggul," bisik Zulkifli membuat kesimpulan pada semua yang dikatakan tadi tentang Nabi Muhammad SAW.

"Kau ada dengar cerita tentang pembunuhan orang Yahudi oleh umat Islam di Madinah. Kononnya, Nabi Muhammad SAW telah mengarahkan satu pembunuhan beramai-ramai ke atas kaum tersebut kerana mereka tidak mahu pergi perang bersama kaum Muslim menentang musuh mereka," kata Ustaz Din memandang ke arah Zulkifli yang terbaring di katil sebelahnya.

"Itu cerita sengaja diputar-belitkan oleh musuh Islam dengan niat untuk membusukkan nama Nabi." Pak Mat mencelah tanpa disangkakan.

"Ya, itu memang benar," sambut Ustaz Din dengan spontan.

"Apa maksud Ustaz?" tanya Zulkifli inginkan keterangan lebih lanjut dari Ustaz Din.

"Kejadian ini berlaku selepas Perang Khandak apabila kaum Quraish dan sekutunya dari Mekah telah mengepong kota Madinah selama dua minggu. Semasa pengepongan itu, orang Yahudi dari kaum Quraizah yang menetap di Madinah telah membuat hubungan dengan kaum Quraish. Tujuan mereka adalah untuk melemahkan benteng Islam di Madinah. Sungguhpun rancangan mereka tidak berjaya, tindakan kaum Quraizah ini telah melanggar perjanjian mereka dengan Nabi Muhammad SAW ketika dia mula sampai dahulu," jawab Ustaz Din dengan penuh yakin.

"Mengikut sejarah Islam, Nabi Muhammad SAW telah melantik seorang penasihatnya dari bangsa Arab Madinah yakni Sa'ad bin Muad untuk membuat saranan terhadap hukuman yang patut dijatuhkan kepada kaum Quraizah." Ustaz Din berhenti sekejap untuk mengambil nafas.

"Saad yang sememang rapat dengan kaum Quraizah telah membuat saranan yang sejajar dengan praktis kaum Yahudi sendiri pada ketika itu. Dia menyarankan agar orang lelaki kaum Quraizah dihukum bunuh melainkan mereka yang memeluk agama Islam manakala anak-anak kecil dan perempuan mereka diambil sebagai hamba kepada kaum Muslimin. Nabi Muhammad SAW bersetuju kepada saranan itu," beritahu Ustaz Din sambil memandang ke arah Zulkifli seolah-olah hendak memastikan dia faham keterangannya tadi.

"Oh, begitu sebenarnya," berkata Zulkifli dengan menganggukkan kepala. Namun terlihat di raut wajahnya perasaan yang gembira dengan tindakan Nabi Muhammad SAW.

"Kontroversinya ialah pembunuhan beramai-ramai ke atas orang Yahudi. Kononnya, Nabi Muhammad SAW telah bertindak kejam dan zalim terhadap mereka," tambah Pak Mat setelah lama berdiam diri.

"Itu sengaja dibesar-besarkan oleh musuh Islam padahal tindakan dia itu berasas. Kaum Quraizah telah mengancam masyarakat Islam Madinah apabila mereka melanggar perjanjian yang dibuat dahulu," beritahu Ustaz Din mengungkitkan kembali kisah pengkhianatan semasa Perang Khandak.

Ketiga orang itu kemudian terbaring diam di atas katil mereka sehingga sampai pada waktu sembahyang Maghrib. Masing-masing memikirkan apa yang telah dibincangkan tadi. Apabila terdengar bunyi azan, mereka pun bergegas keluar dari bilk untuk ke masjid.

Selama dua minggu Zulkifli berada di Madinah, dia juga turut melawati beberapa tempat bersejarah seperti Makam Sahabat di Badr dan Uhud, Masjid Qutb, Masjid Dua Kiblat dan lain-lain lagi. Ini semua meninggalkan kesan yang mendalam kepada Zulkifli dan dia berasa amat bersyukur. Melalui lawatan tersebut, Zulkifli sedar betapa beratnya tanggungjawab yang dipikul oleh Nabi Muhammad SAW sebagai ketua umat Islam ketika itu.

Pada malam terakhir di kota Madinah, Zulkifli membuat keputusan untuk pergi melawat Makam Nabi sendirian. Setelah habis solat Isyak, Zulkifli pun bergerak perlahan-lahan menuju ke makam tersebut. Hatinya berasa sayu menuju ke tempat itu. Apabila sampai dekat makam itu, dia pun memberi salam lalu duduk berwirid dengan taksub.

Setelah lama berwirid, Zulkifli kemudian mendongak kepalanya dan memandang ke arah makam itu. Dengan penuh perasaan, dia berbual sendirian:

Ya Rasullullah,

Kau seorang manusia yang tersangat mulia

Pengorbananmu kepada umat tidak terkira

Aku tekad sedaya upaya mencontohi dirimu

Menghadapi cobaan hidup seperti yang kau lalui

Memberi kasih sayang kepada manusia

Walaupun berat, aku tetap mencuba

Sebab aku menghargai jasa baikmu

Dan kau adalah sebaik-baik manusia

Ya Rasullullah,

Aku berdoa kepada Allah

Agar kaum muslimin sentiasa diredhaiNya

Sentiasa mendapat petunjukNya

Dan kasihNya

Diberikan kami kemampuan menjadi Muslimin sejati

Lantas seorang pemimpin yang berwibawa

Seperti mana kau tunjuki kami

Dari itu, kau sampaikanlah doa ini

Amin

Habis sahaja itu, Zulkifli pun terlena di tempat duduknya. Dia kepenatan setelah lama memberikan tumpuan sepenuhnya kepada bacaan doa serta wirid tadi.

Dalam keadaannya yang sedemikian, Zulkifli nampak wajah lelaki yang pernah dilihatnya dahulu. Namun lelaki itu kini hanya tersenyum dan tidak memandang kepadanya. Melihat lelaki itu, Zulkifli berasa amat senang hati. Sebentar kemudian, dia terasa satu tepukan perlahan dibahunya lalu tersedar. Zulkifli melihat Ustaz Din berdiri rapat di sebelahnya. Rupa-rupanya, Ustaz Din telah lama mencari Zulkilfli apabila dia tidak pulang ke hotel sejak habis sembahyang Isyak.

Kedua orang itu pun beredar dari masjid untuk pulang kebilik mereka. Selepas itu, mereka membuat persiapan untuk berangkat pulang ke Singapura pada esok harinya.

Di Terminal Satu, Lapangan Terbang Antarabangsa Changi, kepulangan para jemaah haji disambut girang oleh ahli keluarga mereka yang menanti dengan tangan terbuka. Suasananya amat meriah lagi penuh mesra. Ada yang tersenyum lebar, ada yang ketawa keriangan dan ada juga yang menangis kegembiraan berjumpa semula dengan orang yang dikasihi setelah lama tidak berjumpa. Para jemaah haji pula, mereka mula berdakapan sesama sendiri semasa hendak berangkat pulang. Keadaan mereka tidak seperti ketika mereka mula berjumpa sebulan dahulu. Kini, tali persaudaraan mereka telah kuat dibina semasa di Mekah dan Madinah.

Zulkifli memandang ke arah Pak Mat ketika mereka sampai di lobi beg. Masing-masing tersenyum melihatkan keadaan di dewan di mana ahli keluarga sedang menantikan mereka.

"Terima kasih kerana mengajak saya pergi bersama membuat ibadah haji ini," kata Zulkifli dengan senyum mesra kepada temannya.

"Kita sama-sama berterima kasih. Kau banyak menolong aku di sana," balas Pak Mat dengan air mata berkumpul di hujung matanya.

"Pengalaman ini tidak akan saya lupakan," ujar Zulkifli sambil berjabat tangan dan memeluk Pak Mat dengan kuat.

Ketika itu juga, Ustaz Din datang dekat kedua orang itu. Zulkifli dengan segera memberi pelukan yang sama erat kepadanya.

"Terima kasih, Ustaz," berkata Zulkifli dengan penuh perasaan.

"Ustaz sungguh berprofesional dalam melakukan tugas. Lebih lagi pula, Ustaz banyak ilmu pengetahuan dan tidak lokek berkongsi," tambah Zulkifli memuji dengan semangat ketua rombongannya itu.

"Kita sama-sama beruntung dengan ibadah haji ini," jawab Ustaz Din ringkas.

Ketiga orang itu pun berpisah untuk pulang ke pangkuan ahli keluarga mereka yang sedang menanti di dewan penantian.

Sampai di dewan tersebut, Zulkifli melihat wajah ibunya yang tersenyum manis. Hatinya berlonjak kegembiraan melihat ibunya. Ketika itu, Mak Nab telah datang ke lapangan terbang itu bersama Zulaikha. Mereka telah lama menantikan ketibaan kapal terbang yang dinaiki Zulkifli tadi.

"Penat tahu kita tunggu abang," jelas Zulaikha sambil memeluk abangnya yang masih mendakap ibu mereka.

Zulkifli hanya tersenyum riang mendengarkan celoteh adik kesayangannya itu. Dia tidak mengambil endah tentang apa yang dikatakannya tadi. Hatinya berasa tenang dan bersyukur melihatkan mereka semua.

"Mak sihat?" tanya Zulkifli setelah lama memeluk ibunya.

"Alhamdullillah. Semuanya baik," jawab Mak Nab memandang terus ke wajah anak sulungnya seperti seorang doktor memeriksa pesakitnya. Hati orang tua ini amat gembira sekali apabila berjumpa semula dengan anaknya itu. Senyuman di wajahnya tidak habis hilang.

"Ini, Zul ada beli untuk Mak banyak buah tangan dan kurma dari Mekah dan Madinah," berkata Zulkifli sambil menuding jari ke arah troli yang penuh dengan barangannya.

"Ekah, macam mana pula?" tanya Zulaikha dengan manja.

"Kau, abang sudah belikan baju abaya yang halus buatannya. Nanti abang berikan!" jawab Zulkifli sambil mencium dahi adiknya.

"Ayuh, kita tunggu teksi diluar." Zulkifli mengajak semua beredar dari situ.

Sedang mereka bergerak keluar, tiba-tiba wajah Encik Zainal timbul di hadapan mereka. Zulkifli terkejut melihat ketuanya berada disitu. Dia merasa terkejut lagi gembira apabila melihat Wahidah ada bersama dengannya. Inilah pertama kali dia melihat mereka keluar bersama semenjak lama berkenalan dengan mereka.

"Encik Zainal, apa kabar?" tanya Zulkifli sambil menjeling ke arah Wahidah. Hatinya berasa penuh kesyukuran dapat berjumpa dengan Wahidah ketika itu. Tanpa disedari, perasaan kasih dan sayang dia terhadap wanita itu telah meninggi gunung.

"Baik sahaja. Awak ini bagaimana?" tanya kembali Encik Zainal kepada Zulkifli.

"Alhamdulillah. Kami semua baik termasuk Pak Mat," ujar Zulkifli dengan tersenyum girang.

"Bagus lah. Ini Wahidah yang mengingatkan saya supaya datang menyambut awak di lapangan terbang hari ini." Encik Zainal beritahu dengan nada suara rendah.

Sementara itu, Zulkifli perhatikan sahaja kelakuan ibu dan adiknya bersama Wahidah. Mereka kelihatan amat rapat sekali dengan bersenyuman dan berpegangan tangan sesama sendiri. Hatinya menjadi curiga dengan perkembangan terbaru ini.

"Kalau awak sudi, sila saya hantar awak semua pulang ke rumah," kata Encik Zainal mempelawa Zulkifli dan keluarganya menaiki keretanya untuk pulang.

Zulkifli berasa kekok dan tidak menentu apabila menerima tawaran itu. Dia tidak tahu apa yang harus dilakukan olehnya.

"Bos aku hendak hantar aku balik? Dia tahu di mana rumah aku?" Zulkifli berfikir dihatinya sendiri. Dia pun mejadi bertambah curiga.

"Ayuh, ikut saya!" kata Encik Zainal yang berjalan mendahului mereka semua.

Sementara itu, Wahidah, Mak Nab dan Ekah berjalan berpimpinan tangan di hadapan Zulkifli yang sedang menolak troli begnya sendiri. Mereka kelihatan amat selesa sesama sendiri.

Walaupun Zulkifli berasa penat akibat penerbangan yang lama dari Arab Saudi namun hatinya gembira melihat keadaan ahli keluarga dan orang yang digemarinya.

"Alhamdullillah. Mereka semua nampak baik dan sihat belaka. Akhirnya kita bersua juga setelah lama berpisah," bisik Zulkifli dengan puas hati.

Bab Ketujuh

Kini sudah hampir sebulan Zulkifli pulang dari ibadah haji di Mekah. Ia merupakan satu pengalaman hidup yang tidak akan dilupakan sehingga akhir hayatnya. Pengalaman yang telah banyak mengubah pandangan dan fahaman hidup bagi Zulkifli. Dia banyak bersyukur kerana telah diberikan kurnia tersebut pada peringkat hidupnya ketika itu. Ia bolehlah dianggap sebagai satu pencerahan rohaniah atau *spiritual enlightenment* bagi Zulkifli. Satu anugerah Tuhan kepada Zulkifli tanpa didugaanya.

Salah satu perkara yang mula wujud dalam diri Zulkifli ialah kesedaran bahawa seorang Muslim akan sentiasa menerima dugaan dari Tuhan Semesta Alam. Dari itu, dia harus banyak bersabar menempuh dugaan tersebut dan bersikap terbuka dalam menghuraikannya. Contohnya, sejak dari zaman Nabi Muhammad SAW sehingga ke masa kini, orang Islam sering di cabar oleh musuh-musuhnya. Seperti Nabi Muhammad SAW, orang Islam harus menunjukkan sikap penyabar dan penyayang dalam mengatasi masalah hidup. Semua ini dilakukan untuk mendapat keredhaan Tuhan Semesta Alam.

Kesedaran baru dalam hidup Zulkifli ini tidaklah ketara bagi sesiapa yang tidak rapat dengannya. Namun bagi mereka seperti Mak Nab dan Wahidah, perubahan itu jelas lagi ketara. Ini menimbulkan perasaan risau dan curiga mereka. Setelah pulang dari ibadah haji, Zulkifli semakin sering melakukan sembahyang lima waktunya di masjid-masjid dan tidak lagi dirumahnya. Dia juga banyak menghabiskan masa menghadiri kuliah-kuliah mengenai tokoh-tokoh Islam dan membaca buku-buku tentang ahli-ahli cendekiawan dan pemimpin masyarakat Islam pada abad sembilan belas dan awal dua puluhan.

"Zul balik rumah pukul berapa semalam?" tanya Mak Nab apabila Zulkifli duduk bersarapan di dapur rumah mereka.

"Sebelas setengah malam." Zulkilfli jawab pendek. Matanya memandang ke arah surat khabar dihadapannya.

"Semalam Mak ada dengar berita tentang tentera Iraq memasuki kota Kuwait. Mujurlah kau sudah pulang dari haji," Mak Nab nyatakan tentang perasaan hatinya yang lega setelah mendapat tahu pergolakan yang terbaru di Timur Tengah.

"Iraq sudah lama merancang serangan ini barangkali," berkata Zulkifli setelah habis membaca isi cerita di muka surat khabar tadi.

"Mereka tahu orang Islam akan marah jikalau mereka melakukan serangan ini pada musim haji," jelas Zulkifli dengan penuh yakin.

"Dahulu dia berperang dengan Iran, sekarang dia berperang dengan Kuwait. Kenapa tidak-tidak habis berperang sahaja?" tanya Mak Nab seperti kebinggungan. Dia teringatkan nasib orang-orang Iraq yang kehilangan ahli keluarga mereka akibat dari peperangan yang tidak terputus itu.

"Pemimpin mereka mempunyai matlamat tersendiri. Sebab untuk kepentingan rakyat diketepikan saja. Begitu juga halnya pada kebanyakan negara Islam ketika ini, Mak." Zulkifli membuat rumusannya tentang keadaan masyarakat Islam pada masa itu.

"Apa matlamat itu?" tanya Mak Nab lagi.

"Pemimpin-pemimpin seperti ini hanya pentingkan kuasa dan mereka akan melakukan apa sahaja untuk terus berkuasa. Orang biasa seperti kita hanya menjadi alat bagi mereka bukannya tanggungjawab. Lain halnya dengan Nabi Muhammad SAW," kata Zulkifli dengan nada suara lemah mengakhiri ucapannya.

"Saddam hendak Sultan Kuwait bayar hutang kerana ekonomi Iraq sedang bankrap setelah lama berperang dengan Iran. Dahulu Kuwait menyokong Iraq berperang dengan Iran dengan memberi bantuan kewangan," jelas Zulkifli dengan perasaan marah.

"Jadi ini semua kerana politik, ya?" Mak Nab menggelengkan kepalanya seperti tidak percaya dengan apa yang didengarinya tadi. Lama dia menggelengkan kepalanya.

"Zul, Mak hendak tanya kau tentang Idah." Mak Nab terus menukar tajuk perbincangan dengan Zulkifli.

"Pasal apa, Mak?" tanya kembali Zulkifli sambil memandang ibunya.

"Kau tidak hendak langsung dengan diakah?" Mak Nab beranikan hatinya bertanya tentang perkara yang sensitif itu.

"Eh, sudah tentu ada," Zulkifli menyenangkan hati ibunya.

"Jadi, bila?" tanya Mak Nab lagi bertambah berani.

"Belum pasti," jawab Zulkifli pendek lalu memadam kegirangan di dalam hati ibunya.

"Kau jangan bermain dengan Idah. Tidak baik, Zul. Mak sayangkan dia," nasihat Mak Nab kepada anaknya sambil memberitahu perasaanya terhadap Wahidah.

Perasaan Zulkifli terhadap Wahidah juga semakin sayang dan dia tidak sanggup mempermainkan hatinya. Apabila mendengar ucapan Mak Nab tadi, dia rasa bertanggungjawab untuk melakukan sesuatu supaya memperbaiki keadaan hubunganya dengan Wahidah.

"Nanti Zul bincang dengan Idah di pejabat," Zulkifli beritahu tentang rancangannya dengan memberi senyuman kepada ibunya. Lalu dia keluar rumah untuk pergi bekerja.

Hati Mak Nab berasa sungguh gembira mendengar ucapan Zulkifli tadi. Dia berdoa agar mereka berdua berbincang dengan hati yang tenang tentang hubungan mereka. Dia berazam akan menunggu kepulangan Zulkifli lewat malam nanti untuk mengetahui keadaan selanjutnya.

Sampai sahaja di pejabat, Zulkifli diberitahu oleh Badrul bahawa Encik Zainal hendak berjumpa dengannya pada pagi itu. Dengan segera, Zulkifli meninggalkan meja kerjanya dan terus menuju ke pejabat Encik Zainal yang berada di hujung koridor pejabat mereka. Hatinya tertanya-tanya apakah sebab dan tujuan perjumpaan mereka itu nanti.

"Adakah ia mengenai kerja atau masalah peribadi?" hati Zulkifli tertanya-tanya sendiri. Hatinya menjadi gugup apabila sampai di pejabat ketuanya.

"Selamat pagi, Encik Zainal" kata Zulkifli menegur ketuanya di pejabat beliau.

"Saya dapat tahu Encik Zainal hendak berjumpa dengan saya," tambah Zulkifli dengan perasaan cemas.

"Ya. Sila duduk." Encik Zainal balas dengan ringkas.

"Begini, baru-baru ini, kawan saya ada meminta pertolongan daripada saya," kata Encik Zainal setelah kedua orang itu duduk di kerusi masing-masing. Seperti biasa, wajah Encik Zainal kelihatan tenang semasa dia berucap.

"Beliau ini seorang pengedar majalah yang membantu syarikat saya di Malaysia. Kami sudah kenal agak lama, barangkali sudah sepuluh tahun," tambah Encik Zainal memulakan perbicaraan mereka.

"Sekarang ini, dia berhasrat untuk membuka sebuah syarikat seperti saya di Malaysia, dan dia memerlukan seorang pembantu yang berpengalaman untuk bekerja dengannya." Encik Zainal berhenti sebentar untuk mengambil nafas.

"Saya cadangkan nama awak kepadanya," Encik Zainal beritahu dengan penuh semangat sambil memandang tajam ke wajah Zulkifli.

Zulkifli terperanjat mendengar ucapan Encik Zainal tadi. Dia tidak sekali menjangkakan Encik Zainal sanggup mengadai reputasi syarikatnya untuk mencalonkan namanya kepada orang lain. Zulkifli rasa terharu dengan perbuatan Encik Zainal.

"Itu satu tawaran yang baik untuk saya," balas Zulkifli sambil tersenyum sipu.

"Boleh saya tanya sedikit?" tambah Zulkifli dengan curiga.

"Apa tugas saya di sana? Bila bermula? Berapa lama saya berada disana dan kenapa saya yang ditawarkan?" soalan Zulkifli bertubi-tubi.

"Kalau awak setuju, awak jadi Ketua Penerbit dan awak boleh bermula kerja pada hujung tahun ini. Kontrak awak adalah untuk dua tahun sebagai permulaan," jawab Encik Zainal satu persatu dengan tenang dan teliti.

"Ya tetapi kenapa saya, Encik Zainal?" tanya Zulkifli kerana berasa kurang puas hati dengan jawapan ketuanya tadi.

"Saya rasa awak ialah orang yang paling sesuai untuk jawatan tersebut. Awak masih muda dan punyai banyak fikiran serta tenaga. Awak ada pengalaman bekerja sebagai penerbit majalah dan mampu mengetuai pasukan dengan berkesan," beritahu Encik Zainal untuk menyakinkan Zulkifli tentang pilihannya tadi.

"Lebih baik lagi, awak akan bekerja di negara seperti Malaysia yang sedang menjalani pembangunan ekonomi yang mantap dan penerapan nilai-nilai Islam di dalam pentadbiran negara. Awak dapat mempelajari kejayaan mereka dari dekat dibandingkan jika awak terus bekerja di sini," tambah Encik Zainal dengan wajah muka yang berseri.

Zulkifli mengangguk kepalanya dengan perlahan-lahan setelah mendengar penjelasan dari Encik Zainal. Dia bersetuju dengan apa yang dikatakannya tadi. Dia sememangnya berminat untuk mengetahui dengan lebih dekat tentang cara pemerintahan di Malaysia. Ini kerana dia sering membaca di surat khabar dan lain-lain media massa tentang penerapan nilai-nilai dan prinsip Islam di dalam pemerintahan mereka.

"Itu memang benar Encik Zainal. Saya ingin mengetahui sama ada Islam sesuai dengan pemerintahan moden yang berlandaskan demokrasi berparlimen seperti di Malaysia," beritahu Zulkifli tentang fikirannya itu.

"Saya banyak membaca tentang ahli cendekiawan dan intelek seperti Muhammad Abduh, Muhammad Iqbal, Mohd Natsir dan juga Prof Hussein Al Attas yang berpendapat bahawa nilai dan prinsip Islam sesuai dengan pemerintahan moden. Malahan mereka semua kecuali Prof Al-Attas mengalu-alukan penubuhan sebuah negara Islam di negeri mereka." Zulkifli mengakhiri ucapannya dengan penuh yakin.

Encik Zainal memang akur dengan nama-nama yang disebut oleh Zulkifli tadi. Mereka merupakan tokoh-tokoh yang berfahaman progresif. Mereka ingin masyarakat Islam bergerak maju berlandaskan syariah serta nilai-nilai sejagat. Mereka tidak memandang negara-negara Barat dan budaya hidup mereka sebagai penghalang kepada kemajuan orang-orang Islam. Sebaliknya, kemunduran masyarakat Islam kini adalah disebabkan oleh penolakan mereka terhadap segala yang datang dari Barat.

"Kalau begitu, awak boleh gunakan peluang ini untuk memberi pendapat dan pandangan awak terhadap sesuatu perkara yang sesuai untuk Islam berkembang maju," cadang Encik Zainal kepada Zulkifli dengan harapan dia menerima tawaran tadi.

Zulkifli mengangguk kepalanya dengan kuat sambil teringatkan tanggungjawab berat yang bakal dipikul.

"Insyaallah. Aku akan lakukan dengan sebaiknya, Semoga aku dapat buat sumbangan dalam perjuangan Islam seperti yang dilakukan oleh Nabi Muhammad SAW dahulu," berikrar Zulkifli dalam hatinya.

Kemudian, timbul beberapa soalan lain di dalam fikiran Zulkifli di mana dia rasa perlu diutarakan.

"Boleh saya tanya lagi, Encik Zainal?" tanya Zulkifli menarik nafas panjang.

"Pertama, kalau saya bawa Badrul sekali ke sana, bolehkah?" tambah Zulkifli dengan perasaan takut dan segan hilang darinya.

"Boleh tetapi hanya untuk setahun," jawab Encik Zainal dengan pantas seolah-olah dia sudah menjangkakan permintaan tersebut.

Zulkifli menggigit bibirnya mendengar jawapan itu. Dia berpuas hati mendapat khidmat Badrul tetapi kurang selesa dengan masa yang diberikan oleh Encik Zainal untuk bertugas dengannya.

"Kedua, boleh saya bincang pasal Wahidah dengan Encik Zainal?" tanya Zulkifli dengan pantas. Perasaan berani dalam dirinya masih ada lagi.

"Wahidah?" balas Encik Zainal sambil meneka fikiran Zulkifli ketika itu.

"Saya ingin melamar dia tetapi biarlah kami bertunang untuk setahun dahulu," beritahu Zulkifli setelah melihat Encik Zainal diam terpaku.

"Tidak boleh. Saya tidak setuju," balas Encik Zainal dengan tenang. Sebaliknya, Zulkifli terperanjat mendengar jawapan Encik Zainal yang tidak diduganya sama sekali.

Keadaan menjadi genting selepas itu.

Pada lewat petang hari itu, Zulkifli berdiri berseorangan di pintu keluar bangunan pejabatnya. Dia sudah berada di situ hampir lima belas minit. Hatinya berdebar-debar kerisauan. Dia tidak tahu bagaimanakah kesudahannya nanti apabila dia bersemuka dengan Wahidah nanti. Dia tidak dapat jangkakan perasaan Wahidah apabila menerima berita yang hendak disampaikannya nanti.

Jam di tangannya menunjukkan pukul lima empat puluh petang dan ramai pekerja sudah meninggalkan bangunan itu. Zulkifli mula berasa resah takut-takut dia terlepas berjumpa Wahidah ketika dia berangkat pulang dari kerja. Selalunya, Wahidah akan pulang sendiri dengan menaiki bas. Dia tidak pulang bersama dengan Encik Zainal sebab orang tuanya itu selalu pulang lewat menghabis dahulu tugas hariannya di pejabat.

Zulkifli mula bergerak ke sana sini mencari Wahidah diluar bangunan tersebut. Sebentar kemudian, dia ternampak Wahidah sudah berada dekat dengan stesen bas. Dengan cepat Zulkifli berlari menuju kepadanya.

"Idah, tunggu sekejap," pekik Zulkifli kepada wanita yang dikejarinya.

Apabila mendengar namanya dipanggil oleh suara yang dikenali, Wahidah berhenti jalan dan menoleh ke belakang sambil memberi senyuman manis. Sesiapa yang melihatnya pada ketika itu akan pasti terusik hati dek tertawan dengan kecantikan dan kelembutan wanita itu.

"Zul ada berita hendak sampaikan kepada Idah. Boleh kita berbual?" kata Zulkifli apabila sampai dekat dengan Wahidah.

"Cakaplah," balas Wahidah dengan manja. Senyuman manis itu masih lagi terlekat dibibirnya.

"Zul ada menerima tawaran bekerja di Malaysia. Zul akan bekerja sebagai Ketua Penerbit untuk sebuah majalah semasa seperti yang diterbitkan oleh syarikat kita ini." Zulkifli berhenti seketika dan memandang ke wajah Wahidah meminta reaksinya.

"Zul sudah setuju? Jadi Zul hendak kerja di luar negeri?" Soalan-soalan itu dilemparkan oleh Wahidah kepada Zulkifli. Dahinya yang licin lembut berkerut jadinya.

Wahidah sedar hubungannya dengan Zulkifli semakin renggang sejak dia pulang dari ibadah haji. Dia tahu Zulkifli perlukan ruang untuk mencari huraian bagi segala kesangsian yang timbul dalam dirinya. Dia rela memberi Zulkifli ruang tersebut tetapi bukan untuk jangka masa yang panjang. Lantas hatinya menjadi sedih apabila mendengar berita yang baru disampaikan oleh Zulkifli tadi.

Sementara itu, Zulkifli menjadi risau apabila melihat reaksi Wahidah. Dia takut kalau Wahidah berasa sedih dan hampa dengan berita tersebut. Dia tidak sanggup melihat Wahidah berlinang air mata seperti dahulu semasa dia hendak berangkat pergi haji. Cintanya kepada Wahidah sudah mendalam dan dia tidak rela membiarkan hati Wahidah luka mahupun terseksa. Perasaan cintanya itu seakan-akan setebal cinta Nabi Muhammad SAW kepada umatnya.

Dengan segera, Zulkifli menyampaikan berita kedua kepada Wahidah.

"Zul ada berbincang dengan ayah... er, Encik Zainal tentang kita. Dia sudi menerima lamaran Zul kalau kita kahwin dalam sebulan dua ini," kata Zulkifli dengan nada cemas.

"Idah setuju berkahwin dengan Zul?" tanya Zulkifli dengan lembut takut-takut kalau lamarannya ditolak.

"Jadi, Zul ini hendak kahwin atau hendak keluar negeri?" tanya Wahidah kebinggungan. Wajahnya yang ayu menjadi berkerut.

"Kedua-duanya," jawab Zulkifli dengan spontan.

Wahidah merenung tajam ke wajah Zulkifli. Hatinya gembira bercampur bimbang. Dia tidak tahu sama ada dia harus berasa bersyukur kerana impiannya kini hampir tercapai atau bersedih kerana berjauhan dengan kekasihnya nanti.

"Zul cadang kita berkahwin dahulu dan kemudian kita berhijrah ke Malaysia," jelas Zulkifli tentang rancangannya bersama Wahidah.

"Ayah Idah setuju dengan rancangan ini tetapi dia serahkan kepada Idah untuk membuat kata putus. Jadi, Idah setuju tidak?" tambah Zulkifli lagi.

Lama Wahidah berdiam diri sambil memikirkan cadangan Zulkifli itu. Akhirnya, dia pun membuat keputusan.

"Baiklah, Idah setuju," jawab Wahidah ringkas.

"Zul mesti berjanji akan menjaga Idah dengan baik dan penuh kasih-sayang," tambah Wahidah meletakkan syarat-syarat persetujuannya.

"Insyaallah, Zul berjanji sayang," balas Zulkifli dengan penuh mesra.

Selepas itu, sambil berjalan menuju ke stesen bas, mereka berdua ketawa dengan riang ria. Mereka berasa gembira dengan keputusan yang telah diambil bersama. Hati kedua insan ini berasa tenteram dan penuh bersyukur walaupun mereka sedar bahawa ada banyak dugaan hidup yang menantikan mereka.

Pada malam itu, Zulkifli sampai di rumah pada pukul sepuluh malam. Setelah dia membuka pintu, dia lihat ibunya sedang tidur di atas kerusi di ruang tetamu. Orang tua itu penat menunggu kepulangan Zulkifli lalu terlelap di atas kerusi. Sementara itu, Zulaikha turut berada di ruang tetamu tetapi dia sedang asyik menonton TV. Dengan perlahan, Zulkifli menuju kepada ibunya sambil meletakkan jari di bibir untuk memberitahu Zulaikha supaya jangan mengejutkan ibunya dari tidur.

"Abang ada berita baru," bisik Zulkifli ke telinga Zulaikha.

"Abang dapat tawaran bekerja sebagai Ketua Penerbit dengan sebuah syarikat penerbitan di Malaysia," beritahu Zulkifli perlahan. Zulaikha seakan-akan terperanjat mendengar berita tersebut dan tidak tahu bagaimana hendak membalasnya.

Sebelum Zulaikha sempat dapat berkata sepatah perkataan, Zulkifli sampaikan berita kedua kepadanya.

"Abang juga ada berita pasal Idah. Dia bersetuju hendak kahwin dengan Abang." Zulkifli mengakhiri ucapannya sambil menantikan reaksi Zulaikha.

"Aduhai, *best*nya!" pekik Zulaikha kegembiraaan.

Mak Nab terkejut dari tidurnya setelah mendengar suara kuat anak perempuannya. Dia menoleh ke kiri dan kanan sambil menegakkan badannya di atas kerusi. Perasaannya yang gemuruh itu menjadi tenang apabila melihat kedua-dua anaknya sedang ketawa gembira di sebelahnya.

"Apa pasal ini?" tanya Mak Nab dengan nada suara tinggi.

"Mak, Kak Idah bersetuju kahwin dengan Abang Zul," jawab Zulaikha sambil memeluk ibunya dengan satu dakapan yang kuat. Perasaan gembira menyelubunginya sehingga dia tidak memberi peluang kepada Zulkifli untuk memberitahu berita baik itu kepada orang tuanya sendiri.

"Benar, Zul? Alhamdullillah," sambut Mak Nab dengan penuh gembira dan kesyukuran setelah menunggu berita itu sekian lama.

Ketiga beranak itu pun saling berdakapan sesama mereka dan suasana mesra ini kekal lama pada malam itu.

"Kami rancang untuk bernikah pada hujung tahun ini. Selepas itu, Zul akan berangkat ke Kuala Lumpur untuk memulakan kerja baru di sana," Zulkifli beritahu tentang rancangannya dalam masa terdekat ini.

"Mak serah kepada kau untuk fikirkan mana yang baik untuk kau," kata Mak Nab yang tidak habis memberi senyuman kepada anaknya itu.

"Bagi Mak, sudah tiba masa untuk kau mendirikan rumah tangga sendiri. Lebih-lebih lagi, Mak rasa kau secocok dengan Idah. Dia baik dan penyayang orangnya. Mak restu perkahwinan kamu, Zul." Mak Nab mencurahkan perasaan hatinya yang telah lama terpendam.

"Terima kasih, Mak. Terima kasih kerana segala-galanya," sambut Zulkifli dengan penuh ikhlas.

"Kasih sayang Mak tidak terbalas oleh Zul," tambah dia lagi dengan penuh terharu.

Hati Zulkifli menjadi sebak sejurus selepas berucap tadi. Dia memang berasa amat bersyukur dengan segala jasa dan pengorbanan yang telah dilakukan oleh ibunya. Fikirannya kemudian melayang pada waktu dia melawat Makam Nabi di Madinah dahulu.

"Beginikah agaknya pengorbanan yang suci lagi mulia? Seperti cinta seorang ibu kepada anaknya yang tiada batasan," berfikir Zulkifli di hatinya.

"Terima kasih, Ya Allah, Tuhan Semesta Alam," berdoa Zulkifli dengan tawaduk.

Ketiga beranak itu pun berkongsi gembira sesama sendiri dengan berita terbaru ini.

Bab Kelapan

Kini sudah enam tahun Zulkifli mendirikan rumah tangganya dengan Wahidah. Mereka menetap di sebuah rumah *semi-detached* yang sederhana di Damansara. Zulkifli bekerja dengan syarikat penerbitannya di Petaling Jaya dan keluar rumah dari jam tujuh pagi hingga lapan malam setiap hari. Manakala Wahidah pula duduk di rumah sambil mengasuh dua orang anak mereka yang berumur empat tahun dan satu setengah tahun, hasil perkongsian hidup yang penuh dengan belaian kasih sayang.

Sementara itu, pengalaman yang diraih oleh Zulkifli semasa bekerja sebagai Ketua Penerbit memberi manfaat yang luas. Bukan sahaja dia berjaya memenuhi keupayaan untuk mengetuai satu pasukan bahkan dia juga mula mengukir namanya sebagai seorang pengkritik masyarakat yang rasional dan berprinsip. Dia mempunyai banyak pembaca yang mengikuti tulisannya di dalam majalah keluaran syarikatnya.

Hasil tulisan Zulkifli menyentuh banyak hal-hal termasuk dalam dan luar negara. Perkara seperti pencegahan korupsi di peringkat perkhidmatan awam di Malaysia, budaya sonsang dikalangan anak-anak muda mereka dan pelaksanaan hukum hudud yang diuar-uarkan oleh parti politik di negeri Kelantan, kesemuanya disentuh dalam tulisan Zulkifli. Manakala isu-isu semasa yang dihadapi masyarakat Islam sedunia turut menerima tinjauan dan kiritikan dari Zulkifli. Ini termasuklah pembunuhan beramai-ramai terhadap orang Islam di Ayodhya, India dan di Sarajevo, Bosnia, peperangan saudara di Somalia dan juga penindasan masyarakat Palestine di Carikan Gaza dan Tebing Barat oleh pemerintah tentera Israel.

Pada suatu pagi, Zulkifli sampai di pejabat dan membuka emel dikomputernya seperti biasa. Setiap hari dia akan menerima puluhan emel dari berbagai pihak yang dikenali ataupun tidak. Ada satu emel yang menarik perhatiannya pada hari itu. Zulkifli terperanjat apabila mengetahui emel tersebut datang dari Kementerian Penerangan. Sebelum ini dia ada menerima emel dari pihak berkuasa itu mengenai cukai permit dan ia hanya datang setahun sekali dan itupun pada awal tahun sahaja. Emel terbaru ini datang lebih awal dari biasa. Dengan hati yang gemuruh, Zulkifli mula berfikir dalam diri sendiri.

"Adakah syarikat aku terlupa membayar cukai permit?" bisik hatinya dengan membayangkan kemungkinan yang bakal terjadi akibat gagal memperbaharui permit tersebut.

"Atau adakah aku dipanggil pihak berkuasa kerana tulisan atau penerbitan aku telah melanggari garis panduan mereka," tambah bisikan dihatinya. Dia berasa seram sejuk apabila memikirkannya. Dia teringat kembali kejadian di Lapangan Terbang Antarabangsa Changi semasa dia ditahan selepas pulang menghadiri ceramah di UIAM dahulu.

Zulkifli berazam membaca emel tersebut sambil berfikir dengan positif. Apa jua pun isi kandungan emel itu, dia akan menempuhnya dengan tenang hati. Tiba-tiba terdengar satu teriakan kuat datang dari tempat duduknya.

"Alhamdullilah," berkata Zulkifli dengan penuh kesyukuran.

"Tidak sangka aku mendapat tawaran seperti ini," bisik Zulkifli sendiri sambil mengangkat telefon di mejanya dan menelefon Wahidah di rumah.

"Hello Idah," kata Zulkifli setelah isterinya menjawab panggilan itu.

"Abang ada terima satu tawaran dari Kementerian Penerangan baru-baru ini," beritahu Zulkifli tentang emel yang baru diterimanya tadi.

"Apa tawaran tu, bang?" terdengar suara Wahidah perlahan.

"Kerajaan Malaysia akan menghantar perwakilannya ke Sidang Luar Biasa OIC di Pakistan pada hujung bulan March ini." Zulkifli mengakhiri ucapannya dengan nada yang gembira. OIC atau Pertubuhan Persidangan Islam ditubuhkan pada tahun 1969 dan terdiri daripada gabungan lima puluh tujuh negara-negara Islam sedunia. Mereka bertemu pada setiap tiga tahun. Mesyuarat yang diadakan di Pakistan ini dianjurkan setelah ahli-ahlinya menyuarakan kebimbangan mereka terhadap perkembangan terbaharu di Afghanistan yang meragut banyak jiwa manusia.

"Abang dijemput ikut bersama sambil membuat liputan tentang mesyuarat itu nanti," jelas Zulkifli dengan teruja.

"Alhamdullillah, bestnya!" sambut Wahidah turut gembira dengan berita itu.

"Berapa lama abang ke sana nanti?" tambah Wahidah lagi.

"Belum tahu lagi. Abang perlu beri jawapan sama ada hendak menerima tawaran ini atau tidak. Mereka akan mengadakan satu sesi penerangan minggu hadapan," Zulkifli beritahu setelah habis membaca emel sekali lagi.

"Jadi, abang terima tawaran ini?" Wahidah mahukan kepastian daripada suaminya.

"Rasanya macam hendak pergi juga kalau Idah tidak keberatan," jawab Zulkifli tanpa memberikan kata putus.

"Idah tidak keberatan langsung. Lagipun, nanti Mak Idah akan turun hujung bulan ini. Jadi Idah tidak kesunyian apabila abang pergi," Wahidah memberi sokongannya kepada Zulkifli jika dia terima tawaran itu.

"Baiklah. Nanti abang balas emel mereka mengatakan abang setuju untuk pergi bersama." Zulkifli berasa lega mendengar sokongan yang diberikan oleh isterinya tadi.

Tanggal 22 Mar 1997 pada jam 3 petang, Zulkifli sampai di Islamabad iaitu ibukota negeri Pakistan yang menjadi tuan rumah kepada persidangan Menteri-menteri Luar Negara OIC. Dia datang bersama dengan beberapa pegawai kerajaan dari Kementerian Luar Negara dan para wartawan dari media massa tempatan. Mereka disambut oleh seorang pegawai protokol dari Kementerian Luar Negara, Pakistan yang bernama, Sharif Mansoor dan dia membawa mereka ke hotel penginapan khas di ibukota tersebut. Kemudian delegasi dari Malaysia ini dibawa melawat makam pengasas negara itu, Mohamed Ali Jinnah sebagai tanda hormat.

Dalam sepanjang perjalanan dari hotel ke tempat makam tersebut, Zulkifli memerhatikan sahaja persekitaran dan pembangunan yang sedang berlaku di negara Islam itu. Pakistan yang ditubuhkan hasil daripada aspirasi dan perjuangan para pemimpin Islam di British India telah mencapai kemerdekaannya pada 14 Ogos 1947. Ia adalah sebuah pemerintahan republik yang berlandaskan demokrasi berparlimen dengan Islam sebagai agama rasminya. Ia juga pernah di bawah pemerintahan tentera selama lebih sepuluh tahun dari 1977 hingga 1988 dengan General Zia ul-Haq sebagai pemimpin negara. Penduduknya berbilang kaum seperti Sindh, Pashtun, Baluch dan Kashmiri. Mereka berasal dari beberapa wilayah di negara itu.

Setelah habis melawat makam, Zulkifli dan delegasinya diberi taklimat oleh Sharif, pegawai protokol mereka tentang hal-hal semasa dan pentadbiran negeri. Zulkifli tertarik dengan kenyataan yang diberikan oleh Sharif mengenai 'politik wilayah' yang mencengkami pentadbiran negara itu.

"Anehnya semasa pemerintahan kuku besi tentera dahulu, perbalahan politik kurang berlaku dan ini menghasilkan pertumbuhan ekonomi yang kukuh bagi negara ini," beritahu Sharif dengan senyuman sinis.

"Pemimpin-pemimpin di wilayah itu tidak pun lantang bersuara seperti sekarang ini. Demi keselamatan diri, mereka membenam politik wilayah mereka," tambah Sharif dengan nada suara yang rendah.

Kenyataan Sharif tentang 'politik wilayah' itu membuat Zulkifli teringatkan kepada pergolakan politik di Malaysia ketika itu di antara pemerintah pusat yang dipimpin oleh Barisan Nasional dengan negeri-negeri persekutuan seperti Kelantan yang dikuasai oleh Parti Islam Se-Malaysia atau PAS, dan Sabah di bawah Partai Bersatu Sabah atau PBS.

"Idah, negeri ini amat kaya dengan sejarah dan budaya. Ia adalah satu-satunya negara yang mengiktiraf Islam sebagai agama rasminya. Di sini kita boleh melihat bagaimana hukum syariah dilaksanakan dan dipraktiskan oleh kakitangan pemerintah." Zulkifli emel kepada isterinya setelah pulang ke hotelnya dari melawat makam pemimpin, Mohamed Ali Jinnah.

"Abang lihat negara ini mempunyai potensi besar untuk berjaya hanya jika semua pemimpinnya bersatu padu dan menitik-beratkan peningkatan ekonomi dan budaya daripada pergelutan kuasa politik yang dihadapi mereka sekarang," Zulkifli berkongsi tentang keadaan masyarakat Pakistan ketika itu.

"Pemimpin mereka dibelenggu dengan isu-isu remeh yang diperjuangkan oleh puak-puak minoriti seperti pergelutan antara golongan modenis dengan tradisionalis dan juga golongan sekularis dengan para ulama. Justeru perlaksanaan polisi yang berkesan tidak dapat dijalankan. Begitulah halnya dengan hukum syariah di negara ini. Rakyat mahukan hukum Allah dilaksanakan tetapi pemimpin-pemimpin bergerak dengan separuh hati. Ini membuat rakyat berasa tidak puas lalu memberi sokongan kepada pemimpin tempatan yang opportunis dan pentingkan diri atau *self-serving leaders*," tambah Zulkifli sambil membuat rumusannya sendiri.

Pada keesokan hari, Zulkifli berangkat ke sebuah hotel ternama di Islamabad untuk menghadiri sidang OIC. Hatinya berdebar-debar apabila memasuki dewan persidangan kerana inilah kali pertama dia menghadiri satu muktamar peringkat antarabangsa. Dia mengambil tempat duduknya di bahagian khas untuk para wartawan. Sambil memakai alat pendengar, Zulkifli perhatikan kedatangan para pemimpin dari negara-negara Islam ke persidangan itu. Masing-masing hadir bersama delegasi mereka dan duduk di tempat yang telah ditetapkan oleh penganjur persidangan ini. Zulkifli berasa bertuah dan kagum dengan berbagai bangsa yang berada di dewan itu. Perasaannya sama seperti ketika dia melakukan ibadah haji di Mekah dahulu.

Persidangan bermula pada jam sepuluh setengah pagi dengan Perdana Menteri Pakistan, Encik Nawaz Sharif memberikan taklimatnya. Zulkifli mendengar ucapan Perdana Menteri tersebut dengan bersungguh-sungguh kerana prihatin dengan isi kandungannya. Dia ingin mengetahui akan sebab-musabab persidangan itu diadakan. Harapannya tercapai setelah tamat ucapan oleh Encik Nawaz Sharif.

"Persidangan ini bertujuan untuk membincangkan keadaan yang genting di Afghanistan susulan dari perebutan kuasa oleh berbagai pihak. Ia juga akan mengambil kira tentang pembunuhan yang melibatkan beribu-ribu nyawa orang awam serta peningkatan bilangan orang-orang pelarian di negara-negara jirannya seperti Pakistan dan Iran," tulis Zulkifli di dalam buku notanya.

"Persidangan juga diharap dapat membuat cadangan yang akan pertimbangan sebagai usulan kepada persidangan pemimpin-pemimpin Islam di Tehran lewat tahun ini," tambah

Zulkifli lagi di buku nota tersebut. Setelah itu, Zulkifli pun menarik nafas panjang sambil menggelengkan kepalanya.

"Kasihan orang Afghanistan yang tidak putus ditimpa peperangan," keluhan di hati Zulkifli terdengar.

"Kalau dahulu berperang menentang penjajah Soviet Union, kini mereka berperang sesama sendiri," jelas Zulkilfli pada diri sendiri. Perang saudara yang dimaksudkan itu adalah di antara pemerintah pusat di Kabul dengan pihak Taliban dan sekutunya yang berasal dari wilayah barat dan utara negara itu

"Kenapakah terjadi perebutan kuasa ini? Siapakah pula pihak Taliban ini? Adakah mereka terdiri dari orang-orang Afghan itu sendiri?" bisik Zulkifli sambil memikirkan jawapan kepada soalan-soalan tersebut. Setelah lama berdiam diri, dia pun tenggelamkan diri dalam kerusinya seolah-olah menghadapi jalan buntu.

Persidangan itu menjadi rancak pada sebelah petang apabila timbul pertelingkahan antara anggota-anggota OIC yang menyebelahi kepada kedua-dua pihak yang berbalahan di Afghanistan. Di satu pihak ialah negara Iran yang menyokong pemerintah pusat di Kabul dan satu lagi pihak ialah negara Arab Saudi dan sekutunya yang menyokong pemberontak dari wilayah barat dan utara Afghanistan seperti pihak Taliban. Pertelingkahan ini berterusan hingga pada hari penamat persidangan itu. Justeru persidangan ini tidak dapat memberi kata sepakat akan satu usul untuk dipertimbangkan oleh pemimpin-pemimpin OIC di Tehran kelak.

Hati Zulkifli berasa sedih dengan kesudahan persidangan itu. Dia hampa kerana pemimpin-pemimpin gagal menggunakan bijaksana mereka untuk menghurai kemelut yang sedang berlaku di Afghanistan. Dia juga berasa sedih kerana kegagalan itu bermakna ramai lagi nyawa yang akan terkorban serta harta benda yang hancur nanti. Bagi Zulkifli, persidangan ini amat bagus sebagai satu pelantaran untuk menangani sebarang konflik yang menimpa negara-negara OIC. Tetapi yang nyata, ia tidak pasti mencapai matlamatnya kerana kekurangan muhibbah di antara ahli-ahli pertubuhan.

"Apa pendapat awak tentang persidangan ini?" tanya Zulkifli kepada Sharif semasa dalam perjalanan pulang menaiki kenderaan ke hotelnya.

Pada mulanya Sharif memberi senyuman sinis seperti tadi. Kemudian wajahnya bertukar menjadi serius sebelum dia menjawab pertanyaan Zulkifli tadi.

"Persidangan ini jelas menunjukkan bahawa Arab Saudi dan Iran akan terus bertelingkah di arena politik dunia Islam," kata Sharif kepada Zulkifli dengan berhati-hati.

"Masing-masing ingin memperluaskan pengaruh mereka untuk kepentingan diri sendiri," tambah Sharif lagi. Kali ini dia memerhatikan keadaan di sekelilingmya dengan perasaan curiga.

Zulkifli mendiamkan diri mendengar ucapan-ucapan itu tadi. Dia teringatkan perjuangan Nabi Muhammad SAW memperkukuhkan umat Islam pada zaman lalu. Beliau sering menegaskan pentingnya tali silaturrahim antara pengikutnya dan berusaha mengelakkan perselisihan faham dari wujud di antara mereka. Sebagai seorang pemimpin, seluruh hidupnya ditumpukan kepada tujuan tersebut.

"Namun sekarang ini, keadaannya amat berbeza. Masing-masing pihak menegakkan kepentingan mereka tanpa mengira pengorbanan nyawa dan harta benda orang Islam lain," bisik Zulkifli di hatinya.

"Astaghfirullah." Zulkifli mengucap perlahan di bibirnya untuk beberapa kali.

"Awak setuju dengan saya?" tanya Sharif hendak mendengar pendapat Zulkifli. Seperti teman barunya, Sharif bekerja di bahagian media massa dalam Kementerian Luar Negeri dan sering menemu duga orang lain. Umurnya juga hampir sebaya dengan Zulkifli.

"Setuju, dan saya percaya Nabi Muhammad SAW tentu berasa sedih melihat keadaan pengikut-pengikutnya sekarang ini," jawab Zulkifli mengupas sedikit tentang Nabi Junjungannya.

Sharif mengangguk kepalanya tanda bersetuju dengan Zulkifli. Apabila mereka sampai di hotel penginapan, Sharif dan Zulkifli menukar kad nama masing-masing dengan harapan mereka akan terus berhubung sesama sendiri dan berkongsi maklumat dan pendapat tentang perkembangan selanjutnya di dunia Islam.

Setelah tiga hari berada di Islamabad, Zulkifli dan delegasi dari Malaysia pun berangkat pulang dengan menaiki kapal terbang syarikat Malaysian Airlines. Semasa penerbangan itu, para wartawan termasuk Zulkifli sibuk mengongsi pendapat dan nota untuk membuat laporan mereka. Kesemua mereka berasa hampa dengan kesudahan di persidangan OIC itu.

Apabila kapal terbang yang dinaikinya mendarat di Kuala Lumpur, Zulkifli terus berangkat pulang ke rumah dengan menaiki teksi. Dia rindu kepada keluarganya dan tidak sabar hendak mendakap isteri dan anak-anaknya. Pemergiannya untuk beberapa hari itu menambahkan perasaan kasih sayangnya kepada mereka. Dia sudah tidak sanggup berpisah lama dengan mereka.

"Assalammualaikum." Zulkifli memberi salam apabila sampai di muka pintu rumahnya. Kedua tangannya sedang mengangkat beg-beg berisi baju dan alat komputernya.

"Waalaikumsalam," jawab Encik Zainal dengan tenang sambil membuka pintu. Dia kemudian menoleh kepada jam di dinding yang menunjukkan pukul lapan malam.

"Ayah! Mana Idah?" tanya Zulkifli dengan ghairah. Dia mencium tangan ayah mertuanya dengan penuh hormat.

"Dia ada di dapur bersama Mak dan anak-anak kau," jawab Encik Zainal lalu mengacukan bibirnya ke arah dapur rumah.

Keadaan di dapur itu menjadi kecoh sejurus sahaja Wahidah dan anak-anaknya melihat Zulkifli berada di hadapan mereka. Mereka semua datang memeluknya dan bergelak ketawa sesama sendiri. Begitulah meriahnya suasana di rumah itu dengan kepulangan Zulkifli.

Bab Kesembilan

Pada esok pagi, semasa Zulkifli sedang bersarapan dengan ayah mertuanya di ruang makan, kedua orang itu mengambil peluang untuk berbincang tentang lawatan Zulkifli ke Pakistan bagi menghadiri persidangan OIC.

"Ayah sudah makan?" tanya Zulkifli setelah duduk di meja makan bersama ibu dan bapa mertuanya manakala Wahidah sedang menyiapkan sarapan pagi untuk mereka semua. Kesemua mereka kelihatan segar dan ceria pada pagi itu.

"Sudah. Idah dan Mak kau siap banyak makanan untuk pagi ini," jawab Encik Zainal sambil membaca surat khabar keluaran Utusan Melayu.

"Yalah. Hari inikan Zulkifli bersarapan dengan kita. Selalunya kita bertiga sahaja!" kata Mak Jah, ibu mertua Zul, sambil mengingatkan tentang kepulangan Zulkifli semalam. Orang tua ini masih kelihatan cantik walaupun sudah berumur. Pakaiannya pun sentiasa kemas lagi menarik. Tidak hairanlah kalau dikatakan Wahidah serupa seperti emaknya bak kata Melayu pepatah, "Tidak ke mana lauk akan tumpah."

"Abang hendak kopi?" tanya Wahidah dengan mesra. Sebelum Zulkifli sempat menjawab pertanyaannya, Wahidah sudah mula menuang air kopi ke dalam cawan dia. Wahidah sememangnya akur dengan tabiat suami kesayangannya pada setiap pagi.

"Kalau di hotel dahulu, setiap pagi makan *Western breakfast*," kata Zulkifli sambil membuka bungkusan nasi lemak yang telah dibeli oleh ibu dan bapa mertuanya semasa mereka keluar pagi tadi. Mukanya menjadi ghairah melihat di dalam bungkusan itu.

"Zul tidak keluar hotelkah?" tanya Mak Jah dengan nada suara lembut.

"Ada. Tapi takut juga nak makan sebarangan di sana. Manalah tahu badan kita tidak serasi dengan makanan tempatan mereka," jawab Zulkifli dengan menggelengkan kepalanya.

"Abang ada makan pil vitamin yang Idah siapkan dahulu?" tanya pula Wahidah dengan nada suara tinggi sedikit. Dia siapkan pil-pil tersebut supaya suaminya makan setiap hari. Dia takut Zulkifli jatuh sakit di sana.

"Ada, sayang," jawab Zulkifli mesra dengan kepalanya dianggukkan sekali. Hati Wahidah menjadi lembut mendengar jawapan suaminya.

"Nampaknya persidangan OIC itu gagal mencapai matlamatnya," berkata Encik Zainal dengan memetik ungkapan di muka hadapan surat khabar yang baru habis dibacanya. Matanya ditujukan kepada secawan kopi lalu diangkatnya untuk diminum.

"Memang benar," sambut Zulkifli sambil mengangguk kepalanya beberapa kali. Wajahnya berkerut memikirkan kegagalan persidangan itu.

"Masing-masing negara mempunyai agenda tersendiri apabila bertemu di persidangan itu terutama mereka yang mempunyai banyak pengaruh seperti Arab Saudi dan Iran," jelas Zulkifli tentang punca kegagalan persidangan itu. Wahidah dan kedua ibu bapanya memberikan perhatian penuh kepada Zulkifli.

"Pakistan sebagai tuan rumah juga mempunyai kepentingan tersendiri dan tidak memberi peluang kepada ahli-ahli lain untuk membuat cadangan yang bertentangan dengan agendanya," tambah Zulkifli lagi yang mulai sedar kesemua mereka yang berada di dapur itu sedang memberi tumpuan penuh kepadanya.

"Mana pergi semangat ikhwanul muslimin," tanya Mak Jah dengan sinis. Dia teringatkan satu artikel yang baru dibacanya tentang semangat persaudaraan antara orang Islam yang dipelopori sejak kebangkitan Islam pada kurun ketujuh.

"Ia terbenam pada kurun kesembilan belas apabila timbulnya semangat nasionalisme pada kebanyakan negara Islam. Ini bermula dengan Kamal Ataturk di Turki dan kemudian di lain-lain negara di Timur Tengah," Encik Zainal mengongsi pengetahuannya tentang subjek tersebut.

"Penubuhan OIC bertujuan untuk mengimbangi kepentingan nasional dengan semangat persaudaraan itu. Malangnya, *it is always ruled by politics of the day*." Encik Zainal menamatkan ucapannya dengan nada hampa.

"Di samping itu, kegagalan terbaru ini menunjukkan kelemahan masyarakat Islam di mata dunia," jelas Zulkifli memberi pandangannya terhadap perkara tersebut.

116

"Itu sudah dijangkakan dari mula lagi," sambut Encik Zainal sambil merenung ke wajah menantunya. Dia sedar Zulkifli dan lain-lain di dapur itu perlukan penjelasan selanjut daripadanya.

"Setelah kejatuhan Soviet Union, perang dingin antara Amerika Syarikat dengan Soviet Union pun berakhir. Ini bermakna kerugian besar bagi para industrialis di Barat kerana perlumbaan senjata turut terjejas dan permintaan untuk barangan mereka pun berkurangan," Encik Zainal berkongsi pendapatnya.

"Jadi, mereka ini mencari pasaran baharu dengan mewujudkan konfrontasi di negara-negara yang lemah seperti masyarakat Islam kita," tambahnya lagi.

"Apa maksud ayah?" tanya Wahidah kehairanan. Dia seperti tidak percaya angkara kegagalan persidangan OIC itu bersebabkan dari campur tangan pihak lain.

"Para industrialis ini melihat kelemahan masyarakat Islam sebagai satu peluang bagi mereka untuk mencapai objektif sebenar mereka. Dalam Perang Teluk dahulu, Iraq teruk dibelasah oleh kuasa Barat dengan alat senjata mereka yang canggih. Selain melaga-lagakan orang Islam, mereka juga ingin membuat orang Islam dibenci oleh dunia Barat dengan rhetorik anti-Islam dan anti-Barat yang dilaungkan oleh setengah pihak di negara-negara Islam," jelas Encik Zainal dengan penuh yakin.

Zulkifli memang tahu tentang teori konspirasi yang baru dibentangkan oleh Encik Zainal tadi. Teori ini telah lama wujud dan sering dibincangkan oleh para intelek dan pemimpin-pemimpin Islam di seluruh dunia. Kebanyakan mereka percaya teori ini benar dan masyarakat Islam harus mengelakkan diri mereka dari terjerumus ke dalam perangkap itu. Ada juga yang tidak bersetuju dengan teori ini dan mengutarakan pendapat bahawa perbezaan antara dunia Islam dengan Eropah telah lama wujud sejak dari Perang Salib pada kurun ke sepuluh.

Fikiran Zulkifli teringatkan kepada cabaran yang dihadapi oleh umat Islam sejurus selepas kemangkatan Nabi Muhammad SAW dahulu. Terdapat berbagai pihak yang menafikan kemangkatan baginda dan ada juga yang mengambil kesempatan darinya untuk mengetuai masyarakat baharu itu demi kepentingan diri sendiri.

"Masyarakat Islam kini perlukan para pemimpin yang tulen dan relevan dengan zaman ini. Mereka harus bijak menilai keadaan sekarang dengan kehendak-kehendak agama kita," bisik Zulkifli di hatinya.

"Mereka harus mengambil contoh kepada ucapan Sayyidina Abu Bakar r.a. apabila dia mengingatkan umat Islam tentang realiti yang dihadapi mereka selepas kemangkatan Nabi. Dia beritahu mereka, 'Sesiapa yang mengikut Nabi Muhammad SAW, dia sudah tiada lagi. Tetapi sesiapa yang mengikuti Allah, Dia tetap ada'. Kata-kata itu masih relevan hingga kini," tambah Zulkifli pada dirinya sendiri.

Perhatian Zulkifli tertumpu kembali kepada mereka yang berada di dapur rumahnya apabila Wahidah menepuk lengannya perlahan.

"Abang kata hendak telefon Mak di Singapura pagi ini," Wahidah mengingatkan suaminya. Dia kemudian memberikan senyuman manis kepada Zulkifli.

"Astaghfirullah. Biar abang telefon dia sekarang dan tanyakan khabarnya sekali," kata Zulkifli dengan bergegas bangun dari kerusinya sambil menghirup kopi di cawannya. Kemudian dia pun pergi ke ruang tamu dan menelefon Mak Nab, ibu kandungnya.

Beberapa minggu kemudian, Zulkifli menerima emel daripada Sharif, teman baharunya di Pakistan. Sharif telah menghantar berita tentang tugas terkini yang diberikan kepadanya dan perasaan bangga dia dengan amanah itu.

"Saya ada berita yang cukup memuaskan hati," jelas Sharif dalam emelnya. Zulkifli membacanya dengan perasaan yang penuh curiga.

"Saya akan mula bertugas di Afghanistan tidak lama lagi untuk meliputi laporan perang saudara di sana. Mudah-mudahan saya dapat berwawancara dengan Ahmad Shah Massoud, *the Lion of Panjshir*. Hati saya berasa amat gembira sekali," tambah emel daripada Sharif.

"Tolong doakan untuk saya agar semuanya berjalan lancar dan selamat." Emel Sharif berakhir sedemikian.

Zulkifli sememangnya tahu lelaki yang bernama Ahmad Shah Massoud yang disebut oleh Sharif itu. Dia ialah seorang panglima tentera yang terkenal dari masa penaklukan Soviet Uniot ke atas Afghanistan pada tahun-tahun 1980an dan telah mengetuai pemberontakan menentang tentera Soviet. Apabila kuasa besar dunia itu mengundurkan diri dari Afghanistan, Massoud menentang pemerintah boneka yang diletakkan di Kabul. Bersama dengan sekutunya, Massoud berjaya menumpaskan pemerintah tersebut melalui Perjanjian Peshawar pada tahun 1996. Dengan perjanjian ini, kuasa pemerintahan dibahagikan kepada ketua-ketua pemberontak dan Massoud sendiri dilantik menjadi Menteri Pertahanan.

Apabila pihak Taliban mula mencabar pemerintah baharu di Kabul, Massoud ialah salah seorang panglima tentera yang mempertahankan kedaulatan pemerintah tersebut. Dia melawan segala ancaman yang dilemparkan kepadanya oleh pihak Taliban dan sekutunya, Al-Qaeda.

Massoud menentang Taliban kerana tidak bersetuju dengan fahaman agama serta cara pemerintahan yang dipelopori oleh pihak tersebut. Sebaliknya, Massoud menyokong pemerintahan berparlimen yang berdasarkan nilai-nilai Islam. Sebagai seorang yang berpendidikan tinggi dari Universiti Kabul, dia mencintai ilmu dan berfahaman terbuka, tidak seperti pihak Taliban.

"Saya turut gembira dengan tugas baharu awak. Jangan lupa berikan saya perkembangan terbaharu nanti," jawab Zulkifli mengingatkan temannya itu.

"Saya akan doakan untuk awak selalu," tambah Zulkifli memenuhi permintaan Sharif. Di hatinya mengucapkan doa untuk kesejahteraan temannya.

Hati Zulkifli sedih mengenangkan nasib orang Islam di Afghanistan yang ditimpa peperangan saudara. Terutama sekali anak-anak kecil, kaum wanita dan orang tua yang terpaksa mencari perlindungan di negara-negara jiran.

"Di saat sebeginilah kita harus kuatkan iman dan mengingati Allah selalu," berkata Zulkifli di hatinya sendiri.

"Aku akan mengesyorkan di dalam majalah keluaran minggu hadapan untuk semua masyarakat Islam mendoakan kesejahteraan dan keamanan dikembalikan kepada Afghanistan," tambah Zulkifli dengan penuh tawaduk.

Bab Kesepuluh

Jam di dinding menunjukkan tepat pada pukul dua belas tengah malam. Kini masuklah tahun 2001 Masehi dan bermula apa yang dipanggil kurun kedua puluh satu atau *21st Century*. Virus komputer yang dipanggil 'Y2K' yang diuar-uarkan akan berlaku pada hari tersebut tidak menjadi kenyataan. Sebaliknya, hampir kesemua urus pentadbiran dan perniagaan di setiap negara berjalan lancar pada tanggal selepas hari cuti umum itu.

"Manusia hanya merancang tetapi Tuhan yang menentukan," Wahidah beritahu ketika dia sedang bersarapan pagi bersama suaminya sebelum Zulkifli pergi bekerja.

"Alhamdullilah. Tidak berlaku perkara-perkara buruk seperti dijangkakan terjadi akibat penularan virus itu. Cuba abang bayangkan kalau ia berjaya mengganggu sistem keselamatan di hospital di semua negara. Berapa banyak nyawa yang akan tergugat nanti?" Wahidah memberi gambaran ngeri terhadap kesan virus tersebut.

"Virus ini pun berpunca dari kelemahan manusia sendiri. Mereka telah mencipta satu sistem komputer untuk pengguna tetapi tidak memikirkan kesan jangka masa panjangnya," kata Zulkifli menjelaskan asal usul virus tersebut.

"Mujurlah mereka sedar kesilapannya dan bertindak sebelum terlambat," tambah Zulkifli dengan nada suara bersyukur. Wahidah pun turut berasa sedemikian dan mengucapkan kesyukuran dihatinya.

"Idah, jangan lupa buat persiapan untuk berpindah. Kita ada sebulan lagi sebelum pulang ke Singapura," beritahu Zulkifli mengingatkan isterinya tentang rancangan mereka untuk menetap semula di Singapura.

"Tidak sangka kita sudah tinggal di sini hampir sepuluh tahun, ya bang?" Wahidah mengongsi perasaan terharunya ketika itu. Zulkifli menangguk kepalanya seperti menyetujui ucapan isterinya itu.

"Anak-anak kita sudah serasi dengan tempat di sini," Wahidah beritahu sambil melihat gambar anak-anak mereka yang terdampar di dinding dapur.

Keadaan menjadi hening seketika apabila pasangan suami isteri ini berdiam dan memikirkan perjalanan hidup mereka setakat itu. Keputusan untuk pulang ke Singapura dibuat setelah mereka membincangkan sesama sendiri. Anak sulung mereka akan masuk ke sekolah tahun hadapan dan Wahidah mahu dia menerima pendidikan formal di Singapura. Ayah mereka, Encik Zainal telah membuat keputusan untuk bersara tahun ini dan dia ingin Zulkifli mengambil alih tempatnya sebagai Ketua Penerbit di syarikatnya. Akhir sekali, Mak Nab sejak kebelakangan ini selalu kurang sihat. Zulkifli perlukan lebih banyak masa untuk bersamanya dan menjaganya.

"Mudah-mudahan keputusan kita ini diredhaiNya," kata Zulkifli sambil cuba menenangkan hati isterinya. Dia kemudian bergerak keluar untuk pergi bekerja dengan Wahidah menyusul di belakangnya.

"Jaga baik-baik, bang," pesan Wahidah kepada suami kesayangannya. Mereka pun bersalam tangan lalu berpisah untuk hari itu.

Dalam sepanjang perjalanan ketempat kerjanya, Zulkifli teringatkan perbualan dia dengan isterinya tadi. Dia juga memikirkan tentang virus "Y2K" yang pernah diramalkan sebagai satu mala-petaka untuk manusia sejagat. Senario yang pessimis telah diuar-uarkan oleh kebanyakan media massa di setiap negara. Tetapi akhirnya ternyata bahawa ini tidak benar.

"Adakah virus ini merupakan satu propaganda media oleh negara-negara Barat atau ialah petanda kepada satu kejadian yang bakal terjadi?" Zulkifli berfikir di hatinya sendiri.

Beberapa bulan kemudian, Zulkifli menerima satu emel daripada Sharif ketika dia sedang duduk di meja kerjanya. Hatinya menjadi girang kerana mereka sudah lama tidak berhubung. Dengan segera dia pun membuka emel tersebut.

Tiba-tiba raut wajah Zulkifli bertukar menjadi sedih. Airmata mula berlinang di hujung matanya dan perasaan seram sejuk meliputi tubuh badannya.

"Apa? Sharif sudah meninggal dunia," bisik Zulkifli perlahan seperti tidak percaya akan kenyataan tersebut.

Dia membaca semula emel tadi tapi kali ini dengan penuh prihatin. Dia mahu faham dengan betul dan tidak ingin tersilap memahami isi kandungannya.

"Saudara Zulkifli, semoga Allah memberkati anda selalu. Emel ini ditulis oleh saya, teman kepada Saudara Sharif Mansoor yang anda kenali. Saya ingin menyampaikan permintaan teman kita, Saudara Sharif sebelum dia menghembus nafas terakhir di hospital semalam." Zulkifli berhenti membaca untuk seketika dan mengambil nafas panjang. Jantungnya berdedup dengan kuat sekali sambil menahan perasaan hiba.

"Saudara Sharif meninggal dunia setelah terlibat dalam satu pengeboman ketika sedang berwawancara dengan Saudara Ahmad Shah Massoud di salah sebuah tempat di Afghanistan. Dia ada bersama dengan beberapa pemberita asing ketika pengeboman itu berlaku. Ketika dia berada di hospital, Saudara Sharif memberitahu saya bahawa dia mengesyaki perbuatan khianat itu ditujukan kepada Massoud oleh pihak Taliban dan sekutunya. Dia juga ingin saya menyampaikan berita kepada anda supaya seluruh dunia dapat mengetahuinya." Emel itu berakhir dengan tertera nama penulisnya, Gulam Hussein.

"Masyaallah." Zulkifli berucap perlahan dengan penuh hiba. Perasaan sedih terus mencengkam dirinya dan airmata mula berlinangan terus ke pipinya.

Zulkifli termenung lama di atas kerusi di meja kerjanya. Dia tidak sangka temannya, Sharif masih mengingati dia pada saat-saat terakhir nafasnya.

Pada esok harinya, tanggal 11 Sep 2001, terjadi satu perisitwa berdarah yang mengemparkan seluruh dunia. Al-Qaeda yang berpengkalan di Afghanistan berjaya memusnahkan bangunan Twin Towers di New York dan Pentagon, pusat tentera Amerika Syarikat. Bangunan-bangunan itu ialah kebanggaan negara tersebut kerana mereka merupakan simbol kapitalisme dan patriotisme di Amerika Syarikat. Pengeboman itu yang menggunakan kapal terbang-kapal terbang awam telah melibatkan lebih daripada dua ribu nyawa terkorban.

Berita pengeboman itu diikuti oleh Zulkifli ketika dia sedang duduk menonton televisyen di rumahnya yang baharu di Singapura. Mereka menetap bersama ibu bapa Wahidah di Frankel Avenue. Rumah dua tingkat itu adalah kepunyaan Encik Zainal dan isterinya, dan mereka telah menerima Zulkifli sekeluarga dengan tangan terbuka.

"Al-Qaeda mengaku bertanggungjawab atas dasar perjuangan jihad mereka." Zulkifli memberi ulasan seperti yang dilaporkan oleh CNN, sebuah rangkaian berita di Amerika Syarikat. Dia sedang duduk di ruang tetamu bersama bapa mertuanya, Encik Zainal pada malam berita mengenai pengeboman itu dilaporkan.

"Jihad?" tanya Encik Zainal dengan marah.

"Siapakah mereka yang membuat fatwa ini? Adakah mereka ini ulama terulung? Sudah ada muafakat di kalangan para ulama tentang ini?" soal Encik Zainal sambil menghayung tangan kanannya ke arah kaca TV itu.

"Jihad bukanlah bermakna kita boleh membunuh manusia dengan sewenang-wenangnya. Tidak, bukan begitu. Ia

126

adalah perjuangan rohaniah. Ia adalah perjuangan dalam diri untuk mendekatkan seseorang itu kepada Allah," jelas Encik Zainal tentang pendapatnya mengenai isu tersebut. Nada suaranya kini tinggi dari seperti biasa.

"Kalau begitu, mengapa pemimpin Al-Qaeda menggunakan jihad sebagai motif perjuangan mereka?" tanya Zulkilfli pada dirinya sendiri.

"Adakah sebab apabila seseorang itu mati dalam jihad ia bermakna dia pasti menjadi ahli syurga seperti pengikut-pengikut Nabi Muhammad SAW dahulu? Alasan ini amat berkesan bagi Al-Qaeda dalam usaha mereka menarik pengikut-pengikut baharu?" Zulkifli hanya menggelengkan kepalanya apabila memikirkan jawapan kepada soalan-soalan tadi.

"Ayah hendak kau bentangkan isu ini dalam keluaran majalah kita, Zul." Encik Zainal memberi arahan kepada Zulkifli justeru terlupa dia bukan lagi ketua penerbit. Dia mahukan isu ini mendapat perhatian dan diperbincangkan oleh masyarakat Islam dengan harapan mereka akan lebih mengetahui tentangnya.

Zulkifli mengangguk kepalanya perlahan-lahan.

Selang beberapa hari kemudian, di dalam sidang penerbit, Zulkifli sedang berbincang dengan kakitangannya tentang keluaran terbaharu majalah mereka. Di antara mereka yang hadir bersamanya ialah Badrul, teman rapatnya dan kini bersandang tugas sebagai penolong penerbit di syarikat itu.

"Nampaknya keluaran kali ini akan tumpukan kepada serangan 11 Sep di Amerika Syarikat. Kita akan sentuh tentang kesan serangan itu terhadap negara Islam di seluruh dunia, apakah itu 'jihad' dan dalilnya, dan pendapat umum terhadap perjuangan Al-Qaeda. Ada lain pendapat?" Zulkifli memulakan perbincangan mereka dengan penuh semangat. Dia benar-benar berharap agar keluaran kali ini mendapat minat dari para pembacanya.

"Saya fikir kita perlu bincangkan juga implikasi serangan ini terhadap masyarakat Islam itu sendiri. Ramai orang Islam yang berbelah bagi dengan tindakan Al-Qaeda samada mereka bersetuju atau tidak, dan juga kita bentangkan ijtihad mengenainya," kata Badrul memberikan pendapatnya.

"Saya ada seorang kenalan di Amerika Syarikat dan dia banyak berkongsi tentang tindak balas rakyat Amerika terhadap orang-orang Islam di sana," Pak Mat beritahu mengenai pengalaman anak saudaranya yang belajar di San Francisco, Amerika. Pak Mat kini bekerja sebagai penulis freelance di syarikat itu dan telah banyak membuat sumbangan pada majalah mereka.

"Bagus. Saya rasa kita sudah ada cukup bahan. Atau adakah lagi lain-lain cadangan?" tanya Zulkifli berasa puas hati dengan kesudahan mesyuarat itu.

"Kalau tiada lagi kita tamatkan mesyuarat ini. Saya mahu semua artikel di hantar kepada saya hujung minggu ini," beritahu Zulkifli sambil melihat jam didinding yang menunjukkan pukul sepuluh pagi.

Setelah semua kakitangan mereka keluar dari bilik mesyuarat itu, Badrul pun mula berkongsi pendapatnya tentang kejadian '11 Sep' itu dengan Zulkifli. Dia tidak mahu berbuat demikian di hadapan orang lain.

"Zul, kau masih ingat ceramah yang kita hadir dahulu?" tanya Badrul dengan nada suara yang rendah. Matanya memandang ke arah pintu bilik mesyuarat itu.

"Di UIAM dahulu? Ya, aku masih ingat," jawab Zulkifli ringkas.

"Mengikut pensyarah itu, puak tegar Islam akan mengambil alih pucuk pimpinan umat Islam sekiranya pemimpin-pemimpin ketika itu gagal memenuhi aspirasi dan keperluan masyarakat kita," kata Badrul mengulangi pendapat pensyarah itu di ceramahnya.

"Aku rasa perubahan itu sudah bermula dengan 11 Sep," Badrul berkongsi akan pendapatnya tentang peralihan kuasa dalam pucuk pimpinan umat Islam. Matanya memandang ke arah ketuanya untuk melihat reaksi beliau.

Setelah mendengar ucapan Badrul tadi, Zulkifli bagaikan orang yang baharu sedar dari mimpi yang ngeri. Fikirannya melayang membayangkan implikasi kenyataan tersebut. Kini, badannya terasa seram sejuk dengan bulu rambut di lehernya berdiri tegang.

"Kau sedar ini bermakna akan berlaku lagi banyak pertumpahan darah, Bad?" tanya Zulkifli kepada temannya. Dia juga teringatkan nasib temannya, Sharif yang terkorban akibat perbuatan jahat oleh pihak Taliban yang berfahaman tegar.

"Orang Islam bukan sahaja akan menentang orang-orang bukan Islam, bahkan mereka juga berlawan sesama sendiri." Zulkifli menggelengkan kepalanya agak lama.

"Apakah kesudahan ini nanti? Ke manakah perginya umat Muhammad yang cintakan keamanan dan ukhwah muslimin?" tanya Zulkifli seperti dalam kebingungan.

Perbincangan kedua orang itu berhenti seketika dengan mereka berdua duduk memikirkan cabaran yang menanti masyarakat Islam kelak. Kemudian Zulkifli berkongsi satu hadis yang selalu dia ingati sejak mula mendengarnya daripada arwah ayahnya dahulu.

"Nabi Muhammad SAW pernah bersabda apabila ditanya siapakah orang Muslim yang paling baik. Menurut beliau, dia ialah seorang Muslim yang mengelakkan dari menyakiti seorang Muslim lain dengan lidah dan tangannya," kata Zulkilfli sambil memetik hadis Nabi tadi. Hatinya menjadi tenang kembali apabila memikirkan hadis itu. Sepanjang hidupnya, dia tidak pernah menyakiti atau melukai hati orang lain demi untuk memenuhi kehendak hadis tersebut.

"Aku faham kenapa pemimpin Islam gagal memenuhi aspirasi umatnya. Contohnya, hukum hudud. Walaupun ia adalah hukum Allah tetapi masyarakat Islam sendiri berbelah bagi tentang perlaksanaannya. Para pemimpin ini mendapati sukar untuk melaksanakannya." Zulkifli memberikan ulasan tentang masalah yang dihadapi masyarakat Islam kini.

"Lagi satu contoh ialah penerapan nilai-nilai Islam dalam pentadbiran negara. Adakah nilai-nilai Islam bersesuaian dengan demokrasi berparlimen yang menjadi laungan kuat bagi umat Islam itu sendiri sedangkan setengah pihak mahukan kuasa mutlak diberikan kepada ketua mereka," tambah Zulkifli dengan bersungguh-sungguh.

"Aku rasa tidak banyak yang boleh kita lakukan tentang peralihan kuasa ke tangan puak tegar ini didunia Islam. Sebaliknya, kita boleh mengembeleng tenaga bersama lain-lain pihak yang berhaluan sederhana dan membendung penularan fahaman tegar ini di dalam masyarakat kita di Singapura ini," jelas Badrul tentang pendapatnya itu.

"Ya. Aku setuju kerana kosnya terlalu tinggi kalau penularan ini dibiarkan," jawab Zulkifli sambil mengangguk kepalanya.

"Mujurlah di Singapura ini sudah ada pertubuhan seperti IRO (Inter-Religious Harmony) yang telah lama wujud. Kita boleh gunakan platform ini untuk menunjukkan Islam yang alternatif lagi sederhana," kata Badrul untuk menguatkan cadanganya tadi.

IRO ditubuhkan pada tahun 1949 dengan tujuan utamanya adalah untuk menggalakkan hubungan murni antara berbilang agama di Singapura. Terdapat lebih dari sepuluh penganut agama yang menjadi ahlinya. Lebih penting sekali, pertubuhan ini mendapat sokongan dari pemerintah Singapura sendiri.

"Jangan lupa, kita juga boleh gunakan majalah terbitan kita untuk menggalakkan sikap sederhana dan toleransi di kalangan umat Islam," beritahu Zulkifli mengingatkan peranan mereka sendiri dalam usaha ini.

Kedua orang itu pun bersetuju tentang objektif jangka panjang keluaran majalah mereka itu. Mereka sedar peranan penting yang dimainkan oleh mereka sendiri dalam mencapai objektif tersebut dan semangat mereka kini meninggi gunung.

Beberapa bulan berikut itu, terjadi pula penaklukan Afghanistan dan Iraq oleh Amerika Syarikat dan sekutunya. Tindakan ketenteraan ini memburukkan lagi keadaan masyarakat Islam kerana ia memberi peluang kepada pihak kumpulan tegar untuk menyebarkan fahaman mereka di kalangan umat Islam sendiri. Akibatnya, pertumpahan darah dan pergelutan kuasa berlaku dengan leluasa di kedua buah negara Islam itu.

Bab Kesebelas

Pada hari Sabtu itu, Zulkifli dan Wahidah membawa kedua anak mereka pergi melawat nenek mereka, Mak Nab yang sedang dirawat di Hospital Besar Singapura. Mak Nab telah dimasukkan ke hospital kerana mengalami sakit jantung. Seperti kebanyakan orang-orang tua lain, Mak Nab tidak mahu duduk lama di hospital itu. Hampir setiap hari dia akan memaksa doktor supaya melepaskannya pulang walaupun keadaannya masih memerlukan rawatan.

Mak Nab kini berada di hospital lebih kurang seminggu dan keadaannya beransur pulih sedikit. Apabila dia melihat Zulkifli datang menziarahinya bersama menantu dan cucu-cucu kesayangannya pada petang itu, hati Mak Nab menjadi riang gembira. Rindu dia kepada rumahnya hilang ketika itu juga.

"Apa kabar, Mak?" tanya Wahidah dengan mesra sambil mencium orang tua itu di pipinya yang berkerut.

"Mak sudah baik cuma Ekah tidak benarkan emak pulang dahulu," jawab Mak Nab sambil menyambut salam tangan daripada anak dan cucu-cucunya.

"Bukannya Ekah tidak izinkan pulang tetapi doktor belum beri keputusan," tegur Zulkifli membetulkan jawapan daripada ibunya tadi. Dia tahu ibunya hanya memberi alasan terhadap keadaan dirinya itu.

"Mak sabar sahajalah. Kita semua mahu Mak cepat sembuh dan sihat seperti dahulu," kata Wahidah untuk menenangkan keadaan yang semakin tegang itu.

"Mak balik cepat-cepat pun buat apa kalau masih belum sihat," tambah Wahidah lagi. Kali ini dia benar-benar berharap agar Mak Nab menerima hakikat bahawa dirinya masih kurang sihat lagi.

Hati Zulkifli sedih melihatkan keadaan ibunya yang kini menjangkau tujuh puluh tahun. Sejak orang tuanya dimasukkan ke dalam hospital, Zulkifli setiap hari datang melawatnya dan duduk berjam-jam menemaninya. Kadangkala dia berasa kesal kerana mengabaikan ibunya semasa bekerja di Kuala Lumpur dahulu. Perasaan bersalah itu dapat dirasakan oleh Mak Nab. Disebabkan itulah dia mahu segera keluar dari hospital dan pulang ke rumah supaya Zulkifli tidak lagi memendam perasaan sedih itu.

"Baiklah, Mak tidak mahu kamu semua risau pasal Mak. Kita tunggu keputusan doktor. Kalau besok dia izinkan balik, Mak balik. Kalau lusa boleh balik, Mak ikutkan sahaja," Mak Nab beritahu dengan harapan agar anak dan menantunya berasa senang hati.

"Kalau begitu, baguslah Mak!" sahut Zulkifli dengan senyuman manis. Dia kemudian membetulkan bantal di belakang ibunya supaya dia rasa lebih selesa untuk duduk dan berbual.

Zulkifli berasa bersyukur kerana orang tuanya masih mampu menunjukkan sifat kasih sayang terhadap orang lain. Dia akur sifat sedemikian amat berharga dalam hidup dan ingin menanamnya di dalam diri sendiri.

"Sebagai seorang pemimpin, aku harus mempunyai sifat kasih sayang kepada ahli keluarga dan teman-teman kerja aku." Zulkifli bisik perlahan di hatinya.

"Sedangkan Allah yang Maha Berkuasa dan pesuruhnya, Nabi Muhammad SAW selalu menunjukkan sifat Ar-Rahman kepada setiap insan, inikan pula aku seorang hambaNya tidak mahu berbuat demikian dan mempunyai sifat ini. Itu satu perbuatan bodoh lagi sombong," sambung Zulkifli mengenai perkara tersebut.

Setelah hampir satu jam berada di hospital tersebut, Zulaikha bersama suaminya datang melawat ibu mereka. Seperti Zulkifli, Zulaikha selalu datang menziarahi ibu mereka pada setiap hari dan membawa masakan dari rumah untuk dijamu oleh orang tua itu. Keadaan di wad itu menjadi kecoh dengan suara dan gelak ketawa daripada orang dewasa serta kanak-kanak. Mereka bertegur sapa dan bergurau mesra sesama mereka.

Tidak lama kemudian Zulkifli dan keluarganya pun mengundur diri kerana hendak pergi bersiar-siar di Taman Bunga seperti yang telah dijanjikan dengan anak-anaknya. Sebelum beredar, Zulkifli berjanji akan datang melawat ibunya pada esok hari seperti biasa dilakukannya.

Beberapa hari kemudian, ketika Zulkifli sedang bekerja di pejabatnya, dia menerima panggilan telefon dari isterinya, Wahidah. Hatinya merasa amat berat untuk menjawab panggilan itu. Sejak dari pagi hari lagi, Zulkifli merasa kurang selesa tetapi dia tidak tahu apakah sebabnya. Dia telah cuba untuk melupakan perkara ini dengan menumpukan perhatian kepada tugas hariannya. Namun tidak Berjaya dan ia tetap wujud dalam dirinya.

Panggilan talipon dari Wahidah itu adalah mengenai ibu kandungnya, Mak Nab yang berada di Hospital Besar Singapura.

"Abang," suara Wahidah terdengar perlahan apabila Zulkifli menjawab talipon.

"Tadi Ekah telefon di rumah. Dia kata Mak sudah meninggal dunia." Wahidah mengakhiri ucapannya dengan dengan nada suara yang penuh hiba.

"Betulkah ini, Idah?" tanya Zulkifli meminta kepastian daripada isterinya yang mula menangis.

"Bila ini terjadi? Ya Allah. Innalillah wa inna ilaihi raajiun," ujar Zulkifli dengan suara pecah. Berita yang tidak disangkakan telah datang dengan tiba-tiba.

"Baiklah, nanti abang ambil Idah bawa pergi ke hospital. Idah siapkan diri sekarang," Zulkifli menenangkan hati isterinya walapun fikirannya sendiri berkecamuk dan tidak menentu.

"Baik, bang," jawab Wahidah ringkas lalu meletakkan telefon di tempatnya.

Zulkifli dan Wahidah sampai di hospital pada jam sepuluh pagi. Sampai sahaja mereka di wad yang didiami oleh arwah ibunya, Zulkifli melihat Zulaikha bersama suaminya sedang mengemas barang-barang milik ibu mereka. Mayat ibunya sedang terbujur di atas katil. Zulkifli pun memberi salam lalu memeluk Zulaikha dengan erat. Bagi Wahidah pula, dia terus memeluk adik iparnya sambil menangis perlahan-lahan. Mereka berasa amat sedih dengan pemergian Mak Nab yang tidak disangkakan.

"Ekah sempat berjumpa ibu tadi?" tanya Zulkifli dengan nada suara rendah.

"Ada, bang. Dia ada memanggil nama abang juga." Zulaikha jawab dengan hati gugup.

"Dia kata dia sayang kepada semua anak dan cucunya," beritahu Zulaikha setelah menenangkan hatinya.

"Dia juga beritahu bahwa dia ampunkan segala dosa kita terhadapnya," tambah Zulaikha dengan suara terhenti-henti.

"Ya Allah. Kau berkatilah roh ibuku ini," doa Zulkifli dihatinya sejurus mendengar ucapan adiknya tadi. Dia berasa amat terharu apabila diberitahu tentang ibunya mencurahkan perasaan cinta dia kepada semua ahli keluarga pada saat-saat terakhirnya.

"Zul akan sentiasa mengingati jasa dan pengorbanan Mak untuk Zul. Zul rindu sekali dengan Mak," bisik Zulkifli pada dirinya sendiri. Lalu dia pun mula membaca Surah Yasin di tepi katil ibunya dengan hati yang penuh ikhlas.

Petang hari itu, mayat Mak Nab telah selamat dikebumikan di Pusara Abadi. Zulkifli sekeluarga telah mengiringi mayat ibunya di tempat semadinya itu.

Dua minggu selepas kematian Mak Nab, Zulkifli membuat temu janji dengan Pak Mat di tempat kerja mereka. Pada tepat jam tiga petang hari itu, Pak Mat datang masuk ke pejabat Zulkifli. Pak Mat masih kelihatan tegap walaupun sudah berumur enam puluh lima tahun. Dia buat keputusan untuk terus bekerja demi berkongsi pengalaman dan pendapat melalui majalah keluaran syarikat mereka. Dia belum lagi buat keputusan untuk bersara dari kerjanya itu.

"Terima kasih kerana sudi berjumpa saya, Pak Mat," kata Zulkifli apabila melihat Pak Mat terpacak di muka pintu pejabatnya. Dia kemudian mengajaknya masuk dan duduk di kerusi yang berada di hadapan meja kerjanya.

"Tujuan saya memangil Pak Mat adalah kerana kerja semata-mata. Saya ada satu *assignment* untuk Pak Mat," terang Zulkifli sambil memerhatikan reaksi orang tua itu yang masih diam membisu.

"Pak Mat boleh buat *cover story* tentang pengeboman Bali bulan lalu," tambah Zulkifli dengan perasaan curiga sama ada Pak Mat bersetuju dengan cadangannya.

Pengeboman Bali berlaku pada tanggal 2 Oct 2002 apabila tiga orang dari kumpulan Jemaah Islamiah atau JI telah melakukan satu perbuatan nekad dengan mengebom sebuah kawasan pelancung di Kuta, Bali. Akibatnya, seramai dua ratus dua orang terkorban yang kebanyakannya orang dari Australia.

"Pak Mat boleh gunakan contak di sana untuk memberi perspektif mereka tentang perbuatan mengebom dan membunuh rakyat asing di Indonesia," jelas Zulkifli tentang tugas terbaharu Pak Mat. Kali ini Pak Mat memberikan reaksinya yang dinanti-nantikan oleh Zulkifli.

"Boleh tetapi risikonya tinggi. Pihak berkuasa di Singapura sedang memerhatikan segala pergerakan yang bersangkut paut dengan JI, kumpulan yang bertanggung jawab terhadap pengeboman di Bali itu," jawab Pak Mat dengan tenang.

"Saya faham kalau Pak Mat tidak sanggup," balas Zulkifli memberikan kepercayaan kepada Pak Mat dan kemampuannya.

"Awak tahu JI ada mempunyai ramai pengikutnya di Singapura ini?" tanya Pak Mat dengan nada suara yang menggerunkan.

"Anihnya, mereka ini semua serta rakan-rakan mereka yang melakukan perbuatan nekad itu mempunyai ilmu didikan agama. Namun begitu, mereka sanggup membunuh orang lain kerana agenda politik. Kumpulan JI mengaku melakukan pengeboman Bali itu sebagai satu tindak balas terhadap Australia yang terlibat dalam penaklukan tentera di Afghanistan," tambah Pak Mat dengan nada suaranya yang gerun itu.

Penaklukan Afghanistan terjadi apabila Amerika Syarikat bersama Britain dan Australia berjaya menumpaskan pemerintah Taliban dan sekutunya Al-Qaeda pada Disember 2001. Amerika Syarikat masuk ke Afghanistan kerana ingin menghapuskan kumpulan Al-Qaeda dan ketuanya, Osama bin Laden. Mereka telah mengaku bertanggungjawab terhadap pengeboman The Twin Towers dan Pentagon empat bulan lalu.

"Jadi, kenapa orang yang mempunyai pendidikan agama boleh melakukan sedemikian sedangkan Islam ialah agama yang mengajukan perdamaian dan persaudaraan?" tanya Pak Mat dengan soalan yang tajam lagi bernas.

"Saya rasa itu satu pendekatan yang bagus," jawab Zulkifli dengan spontan.

"Saya juga percaya kita patut betulkan tanggapan orang Islam tentang penggunaan kekerasan dalam mencari huraian. Tambahan lagi, kenapa tidak diutamakan sifat kasih sayang dan toleransi apabila berhadapan dengan masalah atau konflik," ujar Zulkifli memberikan pendapatnya kepada Pak Mat.

Perbincangan mereka berhenti seketika apabila Pak Mat termenung jauh memikirkan sesuatu perkara yang rapat di hatinya. Kemudian dia mengambil nafas panjang lalu memulakan semula perbincangan mereka.

"Pada pendapat saya, hidup ini tidak lain hanya merupakan usaha kita membina hubungan atau *relationship*," kata Pak Mat mengongsi buah fikirannya.

"Seorang insan harus mempunyai hubungan rapat dengan Tuhan, Penciptanya. Di samping itu, dia juga harus membina hubungan dengan hamba-hambaNya yang lain. Kalau hubungan itu kuat lagi utuh, ini bermakna insan tersebut sudah merapatkan diri kepada Tuhannya," jelas Pak Mat tentang pendapatnya tadi.

Zulkifli mengangguk kepala memikirkan ucapan Pak Mat tadi. Dia akur akan kebenaran dalam kenyataan itu.

"Yang lebih penting lagi, kita menjalin hubungan sesama manusia dengan jujur dan penuh kasih sayang. Ia dilakukan semata-mata untuk mendapatkan keredhaan Tuhan," sambut Zulkilfli menambah ucapan Pak Mat. Dia teringatkan hubungannya dengan orang-orang di sekelilingnya.

"Seperti cinta dan kasih sayang kita kepada isteri dan anak sendiri," kata Zulkifli dengan penuh insaf. Dia sedar betapa dalamnya cinta dia kepada Wahidah serta anak-anak mereka sehinggakan segala perbuatan dan tindak-tanduknya terhadap mereka tidak dapat dirasionalkan.

"Ya. Seperti cinta Nabi Muhammad SAW kepada Allah dan Allah pula kepada kekasihnya." Pak Mat membuat ulasan terhadap apa yang dikatakan oleh Zulkifli tadi. Hatinya berasa amat bersyukur kerana mendapat ilham tentang perkara tersebut.

Sejurus kemudian, Pak Mat pun keluar meninggalkan Zulkifli bersendirian di meja kerjanya. Sebelum itu, dia telah bersetuju untuk melakukan tugas baharu yang diamanahkan oleh ketuanya.

Ketika dia sedang bersendirian, timbul satu kesedaran di dalam diri Zulkifli. Kesedaran yang amat berat lagi mencabar untuk dipikul. Setelah lama memikirkannya, Zulkifli berasa yakin bahawa dia boleh memikul tanggung jawab yang berat itu.

"Umat Islam sekarang berada di satu persimpangan jalan," fikir Zulkifli di hatinya.

"Persimpangan ini bukan saja penuh dengan cabaran dan kemusykilan malah ia juga terdapat banyak duri-duri hidup. Insyaallah, aku yakin kita dapat cari jalan yang betul dan sesuai untuk diri kita," Zulkifli menyakinkan dirinya sendiri.

Fikiran Zulkifli kemudian melayang kepada orang-orang yang telah membuat pengorbanan untuk umat Islam seperti Nabi Muhammad SAW, Khulafa Rasyidin, para ulama dan cendekiawan yang dahulu dan sekarang.

"Sejak dari dahulu lagi sudah terdapat perbezaan pendapat di kalangan umat Islam. Namun bezanya dahulu, umat

Islam tidak menghadapi ancaman luar sekuat sekarang ini. Kelemahan dan perbezaan pendapat antara umat Islam diambil peluang oleh musuhnya untuk memporak-perandakan umat kita," fikir Zulkifli tentang masalah tersebut.

"Tidak kurang ramainya orang Islam yang membuat pengorbanan untuk membetulkan dan meuar-uarkan tentang ancaman ini kepada semua umat Islam," bisik Zulkifli di hatinya. Dia teringatkan teman-temannya seperti Sharif, Encik Zainal dan Badrul yang telah menggadaikan nyawa, harta benda dan masa mereka kepada tujuan itu. Dia juga teringatkan ibu dan bapanya yang telah mendidik dan menyemai nilai-nilai murni Islam dalam dirinya.

"Aku tidak harus mensia-siakan pengorbanan mereka itu. Aku harus menyedarkan umat Islam tentang keadaan mereka sekarang ini dan juga menyampaikan ajaran-ajaran Nabi Muhammad SAW kepada mereka. Ajaran yang menaruh kepercayaan kepada jalan membina ummah yang penuh kasih sayang, yang sentiasa berlaku adil kepada manusia lain, dan selalu bertaqwa kepada Allah, Pencipta Alam Semesta." Zulkifli berhenti sejenak dari berfikir.

"Aku mesti memainkan peranan dalam usaha mencari jalan itu. Aku mesti melakukannya supaya perbuatan nekad seperti pengeboman Bali dan 11 Sept tidak akan berulang lagi. Kita harus berjaya. Amin," berdoa Zulkifli di hatinya dengan penuh azam. Tanpa disedari, airmata menitik berlinang dipipinya pada ketika itu. Titisan airmata yang membawa kegembiraan setelah lama mencari kesyahduan dan erti makna hidup ini.